J.K. 罗琳的
诗翁彼豆故事集

赞 语

"令人耳目一新……惊喜之作。"
——《星期日泰晤士报》

"作者自信地将机智和谨慎的风格融为一体,讲述了这五个引人入胜的故事,这些故事对孩子和家长同样有教育意义。"
——《星期日快报》

"故事中充满了哈迷们熟悉的那种尖锐而讽刺的幽默。"
——《金融时报》

"一部为哈迷所著的精巧的游戏之作,书中的脚注定会吸引任何一个与哈利·波特相同的学生。"
——《观察家报》

"故事充满原创性、多样性及智慧的闪光点……给人阅读的享受。"
——《收藏家双月刊》

诗翁彼豆
故事集

"哈利·波特"系列作品

哈利·波特与魔法石
哈利·波特与密室
哈利·波特与阿兹卡班囚徒
哈利·波特与火焰杯
哈利·波特与凤凰社
哈利·波特与"混血王子"
哈利·波特与死亡圣器

全彩绘本系列

(吉姆·凯 绘)

哈利·波特与魔法石
哈利·波特与密室
哈利·波特与阿兹卡班囚徒

"哈利·波特"衍生作品

(以下三本属于"霍格沃茨图书馆"系列)

神奇动物在哪里
神奇的魁地奇球
(用于资助喜剧救济基金会和"荧光闪烁")

诗翁彼豆故事集
(用于资助"荧光闪烁")

J.K. 罗琳
诗翁彼豆故事集

赫敏·格兰杰译自如尼文

附有阿不思·邓布利多教授的注解

〔英〕J.K. 罗琳 著

马爱农 译

人民文学出版社

著作权合同登记号　图字01—2020—3937

Original Title - The Tales of Beedle the Bard

First published in Great Britain in 2008 by Lumos (formerly the Children's High Level Group), Gredley House, 1-11 Broadway, London E15 4BQ, in association with Bloomsbury Publishing Plc, 50 Bedford Square, London WC1B 3DP.

Text copyright © J.K. Rowling 2007/2008
Cover illustrations by Jonny Duddle copyright © Bloomsbury Publishing Plc 2017
Interior illustrations by Tomislav Tomic copyright © Bloomsbury Publishing Plc 2017
The moral rights of the author and illustrators have been asserted.

Lumos and the Lumos logo and associated logos are trademarks of the Lumos Foundation.

Lumos is the operating name of Lumos Foundation (formerly the Children's High Level Group).
It is a company limited by guarantee registered in England and Wales, number: 5611912.
Registered charity number: 1112575

Harry Potter characters, names and related indicia are trademarks of and © Warner Bros. Entertainment Inc. All rights reserved

All rights reserved
No part of this publication may be reproduced or transmitted by any means, electronic, mechanical, photocopying or otherwise, without the prior permission of the publisher.

图书在版编目（CIP）数据

诗翁彼豆故事集：插图版／（英）J.K.罗琳著；马爱农译.—2版．—北京：人民文学出版社，2017（2025.8重印）
（霍格沃茨图书馆）
ISBN 978－7－02－013553－0

Ⅰ.①诗… Ⅱ.①J…②马… Ⅲ.①童话—作品集—英国—现代 Ⅳ.①I561.88

中国版本图书馆CIP数据核字（2017）第297296号

责任编辑	翟　灿	字　　数	47千字
美术编辑	刘　静	开　　本	850毫米×1092毫米　1/32
责任印制	苏文强	印　　张	4.5
		印　　数	237001—243000
出版发行	人民文学出版社	版　　次	2008年12月北京第1版
社　　址	北京市朝内大街166号		2018年3月北京第2版
邮政编码	100705	印　　次	2025年8月第31次印刷
印　　刷	北京盛通印刷股份有限公司	书　　号	978-7-02-013553-0
经　　销	全国新华书店等	定　　价	45.00元

如有印装质量问题，请与本社图书销售中心调换。电话：010-59905336

目 录

引言 **1**

1

巫师和跳跳埚 **11**

2

好运泉 **31**

3

男巫的毛心脏 **55**

4

兔子巴比蒂和她的呱呱树桩 **75**

5

三兄弟的传说 **99**

"荧光闪烁"

执行总裁乔吉特·穆勒的话 **125**

引 言

《诗翁彼豆故事集》是一部写给儿童巫师看的故事集。几个世纪以来,这些故事一直都是深受人们喜爱的睡前读物,因此,霍格沃茨的许多学生都对"跳跳埚"和"好运泉"耳熟能详,就像麻瓜(非巫师)孩子们熟悉"灰姑娘"和"睡美人"一样。

在许多方面,彼豆的故事跟我们的童话故事很相似。比如,善有善报,恶有恶报。但是它们之间有一个非常明显的区别。在麻瓜的童话故事里,魔法一般都是男女主人公的祸根——邪恶的女巫给苹果下毒,或让公主沉睡一百年,或把王子变成可怕的怪兽。

而在《诗翁彼豆故事集》里，我们看到的男女主人公自己就会施展魔法，但是他们跟我们一样也会遇到棘手的麻烦。许多个世纪以来，彼豆故事一直在帮助家长向他们的孩子解释人生中一个痛苦的事实：魔法能解决很多问题，但同时也会制造同样多的麻烦。

这些故事和麻瓜童话之间的另一个显著差异是，彼豆故事里的女主人公在寻找自己的幸福方面，比我们童话故事里的女主人公要积极得多。阿莎、艾尔蒂达、阿玛塔和兔子巴比蒂这几个女巫，都把命运掌握在自己手里，而不是长睡不醒，或是等待别人来归还一只丢失的鞋子。这个规律也有例外——《男巫的毛心脏》里那位无名的女子——她的行为更符合我们故事中的公主形象，然而她的故事却没有一个"幸福到永远"的结局。

诗翁彼豆生活在十五世纪，他的生平大部分至今还是一个谜。我们知道他生于约克郡，唯一保存下来的一幅木刻画显示出他有一脸特别浓密的大胡子。如果他的故事准确地反映了他的思想，那么他

引　言

是比较喜欢麻瓜的。他认为麻瓜只是无知而并无恶意。他对黑魔法持怀疑态度，他相信巫师最恶劣的暴行源于人类的一些劣根性，如残酷、冷漠，以及狂傲地滥用自己的能力。在他的故事中，那些最终获得胜利的男女主人公，并不是魔法最强大的巫师，而是最能表现出善良、通情达理和足智多谋的巫师。

当今也有一位巫师持有十分类似的观点，那自然就是梅林爵士团一级大魔法师、霍格沃茨魔法学校校长、国际巫师联合会会长、威森加摩首席魔法师阿不思·珀西瓦尔·伍尔弗里克·布赖恩·邓布利多教授。虽然有这样类似的观点，但是我们仍然吃惊地发现，在邓布利多遗留下来交托霍格沃茨存档的许多文件里，竟然有一批关于《诗翁彼豆故事集》的笔记。至于他写这些评论是为了自娱自乐，还是用于以后出版，我们永远不得而知。不过，我们得到现任霍格沃茨校长米勒娃·麦格教授的慷慨允诺，将邓布利多的笔记与赫敏·格兰杰最新翻译的《诗翁彼豆故事集》同时出版。我们希望邓布利多教授的深刻见解，包括对巫师历史的评论、个人的回忆，

诗翁彼豆故事集

以及关于每个故事要点的启示说明，会帮助新一代的巫师及麻瓜读者欣赏《诗翁彼豆故事集》。所有认识邓布利多的人都相信，他一定会欣然支持这一项目的，因为全部版税都将捐赠给"荧光闪烁"慈善组织，这个组织一直致力于帮助那些迫切需要一个声音的孩子们。

我们似乎有必要给邓布利多的笔记添加寥寥数笔的评论。据我们所知，邓布利多的笔记是在霍格沃茨天文塔楼顶的悲剧发生约十八个月前写成的。所有熟悉最近那场巫师大战的人（例如，每一位通读过七卷"哈利·波特"故事的读者）将会发现，关于本书的最后一个故事，邓布利多教授并没有把他知道的——或怀疑的——东西都说出来。省略的原因或许就是邓布利多许多年前对他最喜欢、最著名的学生说的那段关于真相的话：

  这是一种美丽而可怕的东西，需要格外谨慎地对待。

引　言

无论我们是否赞同邓布利多教授的观点，或许都能够体谅邓布利多教授的一片苦心。他希望保护未来的读者，使他们免受诱惑，而他自己曾经深受过那些诱惑的折磨，并因此付出了如此惨重的代价。

J.K. 罗琳

2008 年

关于脚注的说明

邓布利多教授的笔记似乎是写给巫师读者看的,因此我偶尔会针对麻瓜读者不易理解的某个词语或事实,插进一些解释。

J.K. 罗琳

从前，有一位善良的老巫师，他总是慷慨而智慧地利用自己的魔法，帮助周围的邻居们。他没有告诉别人他的力量来自哪里，而是谎称他的魔药、咒语和解药都是从一口小坩埚里现成地跳出来的。他管这口坩埚叫他的幸运埚。方圆许多英里的人们有了麻烦都来找他，老巫师总是很乐意地搅拌一下他的坩埚，让事情迎刃而解。

这位深受爱戴的巫师活到一大把年纪就死了，把他所有的财产都留给了他唯一的儿子。这个儿子跟他性情温和的父亲完全不一样。在儿子看来，那些不会魔法的人都是废物，他经常抱怨父亲用魔法帮助邻居的习惯。

父亲死后,儿子发现那口旧坩埚里藏着一个小包裹,上面写着他的名字。他打开包裹,以为会找到金银财宝,却只发现了一只厚厚的软软的鞋子,小得根本不能穿,而且也没有配成对。鞋子里有一小片羊皮纸,上面写着:"我的儿子,我真心地希望,你永远用不着它。"

儿子埋怨着父亲脑子糊涂,把鞋子扔回了坩埚里,决定从此把这坩埚当成垃圾桶。

就在那天夜里,一个老农妇敲响了他的门。

"我孙女身上长了肉瘤,先生,"老农妇对他说,"你父亲以前总是在那口旧坩埚里调制一种特殊的膏药——"

"滚开!"儿子嚷道,"你家小孩长肉瘤跟我有什么关系?"

他当着老农妇的面,把门重重地关上了。

　　他的厨房里立刻传出哐啷、哐啷的很响的声音。巫师点亮魔杖，打开厨房的门，惊讶地看到了父亲的旧坩埚：坩埚已经长出一只黄铜脚，正在厨房中央不停地跳着，跳得石板地发出可怕的声音。巫师惊奇地走上前去，看见坩埚的表面布满了肉瘤，他赶紧退了回来。

　　"令人恶心的东西！"他嚷道。他先试图用咒语

巫师和跳跳埚

让坩埚消失，接着试图把它弄干净，最后又试图把它赶出房子。可是他的魔法统统不管用，坩埚跟在他身后跳出厨房，跟着他跳上楼去睡觉，在一级级木质楼梯上发出吵闹的声音：哐啷、哐啷、哐啷，而他拿它根本没有办法。

巫师整整一夜没睡着觉，因为长满肉瘤的旧坩埚在他床边不停地吵闹。第二天早晨，坩埚不依不饶地跟着他跳到早饭桌旁。哐啷、哐啷、哐啷，那只黄铜独脚不停地跳着，巫师还没开始喝粥，外面又有人敲门了。

一个老头儿站在门口。

"我的老驴子，先生，"老头儿说道，"我的老驴子丢了，大概被人偷走了。没了驴子，我就没法把我的货物驮到市场上去，我们全家今晚就要挨饿了。"

"我现在还饿着呢！"巫师吼道，当着老人的面把门重重地关上了。

哐啷、哐啷、哐啷，坩埚的独脚在地板上跳着，但是现在它的吵闹声中又混杂着驴叫声和人们饥饿的呻吟声，这些声音是从坩埚的深处传出来的。

诗翁彼豆故事集

"安静。安静!"巫师尖叫道,但是不管他用什么魔法,都不能使长满肉瘤的坩埚安静下来。坩埚整天跟在他的身后跳来跳去,发出驴叫声、呻吟声和撞击声,不管他去什么地方,正在做什么。

那天晚上,外面第三次传来敲门声,门槛外站着一个年轻的妇人,哭得伤心极了。

"我的宝宝病得很重,"她说,"你能不能行行好帮帮我们?你父亲吩咐我有难处就过来——"

可是巫师当着她的面把门重重地关上了。

这一下,那口折磨人的坩埚里充满了盐水,它一边蹦跳着,发出驴叫和呻吟,冒出更多的肉瘤,一边把泪水泼溅

巫师和跳跳埚

在地上。

在这个星期接下来的时间里，不再有村民到巫师家里来寻求帮助，但是坩埚仍然不停地把他们的病患告诉他。在短短的几天里，它不仅发出驴叫和呻吟，一边跳一边抛洒泪水，冒出肉瘤，而且又是咳嗽又是干呕，像婴儿一样啼哭，像狗一样哀号，还吐出变质的奶酪和发酸的牛奶，以及数不清的饥饿的鼻涕虫。

坩埚整天跟在巫师身边，折腾得他吃不能吃，睡不能睡。可坩埚就是不肯离开，巫师也无法使它安静下来，或强迫它静止不动。

最后，巫师再也忍受不住了。

"把你们所有的难处、所有的苦恼、所有的悲伤都拿给我吧！"他大喊一声，跑进了夜色中，顺着道路跑进村里，坩埚一跳一跳地跟在他身后，"来吧！让我给你们治病，帮助你们，安慰你们吧！我有我父亲的坩埚，我会让你们都好起来的！"

诗翁彼豆故事集

他在街上奔跑着,把咒语射向四面八方,那令人恶心的坩埚仍然一跳一跳地跟在他身后。

在一座房子里,那个熟睡的小姑娘身上的肉瘤消失了;那头丢失的驴子被魔法从远处的欧石楠丛里召唤回来了,悄悄地进了牲口棚;那个病中的婴儿,身上洒了白鲜水,健健康康地醒来了,脸蛋红扑扑的。在每一户有病痛和烦恼的人家,巫师都用尽全力去帮助他们,慢慢地,他身边的坩埚不再呻吟、干呕,而是变得安静、清爽、锃光瓦亮的了。

巫师和跳跳埚

"行了吧,坩埚?"浑身颤抖的巫师问道,这时太阳已经升起来了。

坩埚打了一个嗝儿,吐出了巫师扔进去的那只鞋子,并允许巫师把它穿在那只黄铜脚上。巫师和坩埚一起返回家里,坩埚的脚步声终于变得静悄悄了。从那以后,巫师像他父亲生前一样帮助村民,生怕坩埚又脱掉鞋子,再次蹦蹦跳跳。

阿不思·邓布利多的点评

一位善良的老巫师,想给铁石心肠的儿子一个教训,让他尝尝当地麻瓜们的苦难。年轻巫师的良知觉醒了,他同意利用自己的魔法去帮助那些不会魔法的邻居。读者会认为这是一个简单而温馨的寓言故事——在这种情况下,读者会暴露自己是一个天真的傻瓜。这可是一个亲麻瓜的故事,表明爱麻瓜的父亲在魔法上比恨麻瓜的儿子高明,不是吗?因此,这个故事的

诗翁彼豆故事集

原版书没有一本能够逃脱火焰而保存下来,也就丝毫不令人吃惊了,这样的书是经常会被丢进火里焚烧的。

彼豆宣传对麻瓜们要怀有手足之情,这跟他的时代有点格格不入。十五世纪早期,迫害巫师的行径在欧洲愈演愈烈。魔法界的许多人觉得,向隔壁麻瓜邻居的瘟猪施咒语,就等于在主动往焚烧自己的火堆上添加柴火,这么想也是有道理的[①]。他们的口号是:"让麻瓜们自生自灭吧!"巫师跟他们

---

① 当然,真正的巫师确实不费吹灰之力就能逃脱火堆、石块和绞索(参见我在《兔子巴比蒂和她的呱呱树桩》的点评中关于莉塞特·德·拉潘的内容)。然而,许多死亡事件还是发生了:尼古拉斯·德·敏西-波平顿爵士(生前是皇宫里的一位巫师,死后是格兰芬多塔楼的常驻幽灵)被夺走魔杖后关进了地牢,因而无法用魔法让自己逃脱被处死的命运。巫师家庭特别容易失去他们的孩子,因为孩子没有能力控制自己的魔法,经常会引起追捕巫师的麻瓜的注意,而且无力反抗。——邓布利多注

阿不思·邓布利多的点评

的非魔法兄弟的距离越来越远，最后于 1689 年颁布了《国际巫师保密法》，从此巫师界便自动转入地下。

然而，孩子就是孩子，古怪滑稽的跳跳埚占据了他们的想象。解决的办法是抛弃其亲麻瓜的寓意，保留长满肉瘤的坩埚形象，于是到了十六世纪中期，一个不同的故事版本在巫师家庭中广泛流传。

在改编过的故事里，跳跳埚保护一个无辜的巫师摆脱那些举着火把、拿着草耙的邻居，把他们从巫师的屋子周围赶走，并且抓住他们，连头带脚地囫囵吞下。故事的最后，坩埚已经把巫师的大部分邻居都吃掉了，仅存的那几个村民保证，以后再也不干涉巫师施展魔法。作为回报，巫师盼咐坩埚交出那些受害者，于是坩埚打着嗝儿，把肚里的东西都吐了出来，那些人都有点不成人样儿了。直到今天，有些巫师家庭的孩子仍然只听过他们的父母（一般都是反麻瓜的）讲的改编后的故事，因此，当他们有机会读到原版的故事时，便会大吃一惊。

诗翁彼豆故事集

不过，正如我已经暗示过的，《巫师和跳跳埚》里的亲麻瓜倾向，并不是它引起愤怒的唯一原因。随着抓捕巫师的行为越来越残酷，巫师家庭开始过着一种双重生活，用隐藏咒来保护自己及家人。到了十七世纪，任何选择与麻瓜亲善的巫师都会被自己的社团怀疑甚至抛弃。许多侮辱性的言辞掷向亲麻瓜的巫师（如流传至今的"泥巴虫""吃屎货""食渣鬼"之类的粗俗绰号），指责他们魔法软弱，技不如人。

当今一些很有影响的巫师，如反麻瓜杂志《战争中的巫师》的编辑布鲁图斯·马尔福，把一种固定的程式保存了下来：喜欢麻瓜的人在魔法上都是哑炮①。布鲁图斯于1675年写道：

> 我们可以肯定地说：任何一个对麻瓜社会表

---

① 哑炮是指一个生于魔法家庭却没有任何魔法能力的人。这种情况是很少见的。麻瓜出身的巫师要更常见得多。——J.K. 罗琳注

阿不思·邓布利多的点评

示喜爱的巫师,都是智力低下的人,其魔法软弱可怜,不堪一击,只能在麻瓜废物中间找到一点优越感。

看某人的魔法是否蹩脚,最确切的一个迹象就是看他是否表现出对非魔法人群的喜好。

但是许多世界级最杰出的巫师[①]都是——用一句通俗的话说——"喜爱麻瓜的人",面对这一确凿无疑的证据,这种偏见逐渐销声匿迹了。

今天,某些地方仍然存在着对《巫师和跳跳埚》的最后一个反对意见。也许比阿特丽克斯·布洛克萨姆(1794—1910)概括得最好。布洛克萨姆女士是臭名昭著的《毒菌故事集》的作者,她相信《诗翁彼豆故事集》对孩子有害无益,因为如她所说:"这些故事病态地专注于最为可怕的主题,如死亡、疾病、流血、邪恶的魔法、不健康的性格以及最为恶心的身体的喷射和爆发。"布洛克萨姆女士将一大批各种

---

① 比如我本人。——邓布利多注

各样的老故事——其中就有几个彼豆的故事——拿过来,根据自己的想法加以改写。她自己声称她的理想是"用健康、快乐的念头充斥我们的小天使纯洁的大脑,让他们甜蜜的睡眠不受噩梦的侵扰,保护鲜花的纯真无瑕"。

布洛克萨姆女士改写的纯洁而可贵的《巫师和跳跳埚》,最后一段是这样的:

然后,小金埚儿高兴地跳着——蹦蹦跳跳,蹦蹦跳跳!——踮着玫瑰色的小脚趾尖儿!小威利肯把所有洋娃娃的小肚肚都治好了,小埚儿高兴极了,锅里满满的都是糖果,让小威利肯和洋娃娃们吃了个够!

"别忘记刷刷你们的小牙牙!"小埚儿大声说。

小威利肯搂着跳跳埚亲了亲,保证要永远帮助洋娃娃们,再也不做一个坏脾气的倔老头了。

阿不思·邓布利多的点评

在一代又一代的巫师家庭的孩子们当中,布洛克萨姆女士的故事得到的反应都是一样的:不可遏制地干呕,接着是要求赶紧把书从他们身边拿走,立刻化为纸浆。

2

好运泉

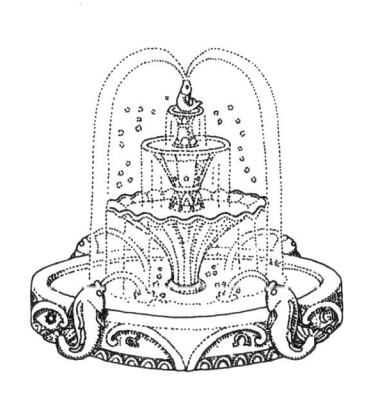

好运泉在一处魔法园林的一座高高的小山上，周围高墙耸立，受到强大的魔法保护。

每年一次，在白天最长的那一天的日出和日落之间，仅有一个不幸的人有机会来到好运泉边，在水中沐浴，得到永久的好运。

话说那天，天亮之前，成百上千的人从王国各处来到园林的墙外。这些人有男有女，有富有穷，有老有幼，有会魔法的，也有不会魔法的，他们聚集在黑暗中，每个人都希望自己能成为那个进入园林的幸运儿。

有三个女巫，各自带着沉甸甸的忧伤，在人群外聚到一起。她们一边等候日出，一边互相诉说着自己的痛苦。

第一个女巫叫阿莎，她身患绝症，没有医生能够医治。她希望好运泉能够消除她的症状，赐她幸福长寿。

第二个女巫叫艾尔蒂达，她的家、她的金子和她的魔杖都被一位邪恶的巫师夺走了。她希望好运泉能把她从贫穷和软弱中解救出来。

第三个女巫叫阿玛塔，她被自己深爱的男人抛弃了，觉得内心的伤痛永远无法愈合。她希望好运泉能够缓解她的痛苦和思念。

三个女人互相同情，她们一致同意，如果好运降临到她们头上，她们要团结起来，争取一起去好运泉。

第一抹阳光照亮了天空，墙壁上裂开了一道缝。人群拼命往前挤，每个人都尖声叫嚷着，恳求得到好运泉的赐福。园林里的藤蔓伸了出来，在拥挤的人群里弯弯曲曲地延伸着，缠住了第一个女巫阿莎。阿莎抓住第二个女巫艾尔蒂达的手腕，艾尔蒂达又

好 运 泉

紧紧抓住第三个女巫阿玛塔的长袍。

可是,阿玛塔被一个愁眉苦脸的骑士的盔甲绊住了,骑士胯下骑着一匹瘦骨嶙峋的马。

藤蔓拉扯着三个女巫穿过墙上的缝隙,那个骑士也被拉得摔下了瘦马,跟她们一起进了园林。

失望的人群传出愤怒的喊叫,在清晨的空气里回荡。然后,随着园林的围墙再次闭合,人群安静下来。

阿莎和艾尔蒂达很生阿玛塔的气,她竟然不小心把那个骑士也带了进来。

"只有一个人能在好运泉里沐浴!要在我们中间挑

一个人已经够难的了,现在又加了一个!"

这个时候,倒霉爵士——骑士在围墙外的世界里就叫这个名字——发现这三个女人是女巫,而他不会魔法,也没有格斗和舞剑的高超技艺,不具备任何能使非魔法者出类拔萃的才能;他认为自己肯定比不过三个女人,到不了好运泉。于是他宣称自己打算退出,回到围墙外面去。

听了这话,阿玛塔非常生气。

"懦弱!"她责骂他道,"拔出你的剑来,骑士,帮助我们到达目的地!"

于是,三个女巫和可怜的骑士大胆地走进了魔法园林。在阳光照耀的小路两边,生长着茂密的奇花

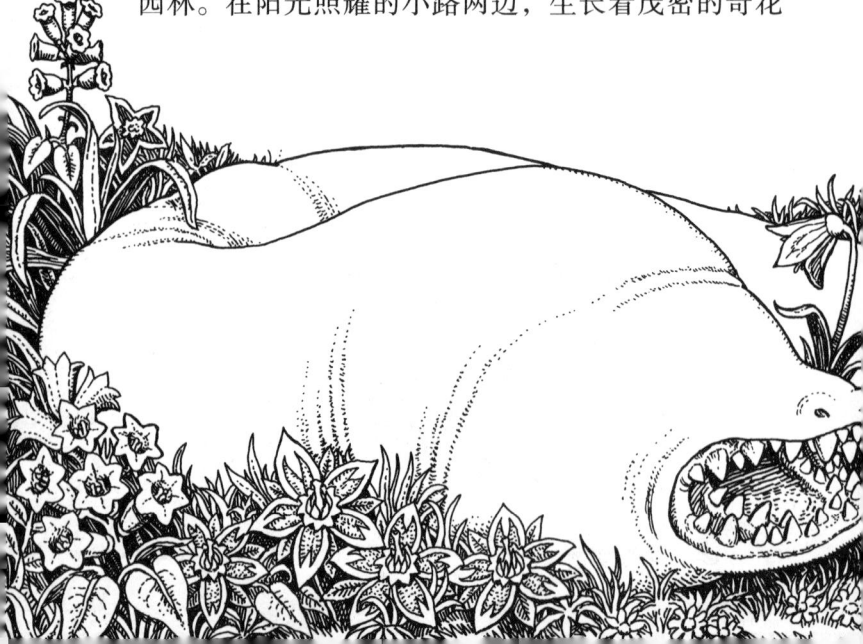

好 运 泉

异草和珍稀果树。他们一路畅通无阻,来到了好运泉所在的小山脚下。

然而,一条巨大的白色蚯蚓盘绕在山丘下,它双目失明,身体臃肿。他们走近时,它把一张肮脏的脸转向他们,说出了下面这句话:

向我证明你的痛苦。

倒霉爵士拔出宝剑,想杀死这只妖怪,但是剑刃折断了。然后艾尔蒂达朝蚯蚓掷去石头,阿莎和阿玛塔念了各种咒语去制服它或迷惑它，可是她们魔杖的力量就像艾尔蒂达的石头和骑士的宝剑一样毫无作用：蚯蚓就是不肯让他们通过。

太阳在天空中越升越高，阿莎绝望地哭了起来。

这时，大蚯蚓把脸贴在阿莎的脸上，啜饮着她面颊上的泪水。蚯蚓的焦渴得到了缓解，慢慢地挪动到一旁，钻进一个地洞不见了。

三个女巫和骑士看到蚯蚓消失，非常高兴，开始往小山上爬去，他们以为肯定能在中午之前赶到好运泉。

然而，待爬到陡峭的半山腰时，他们看到前面的地上刻着一行字：

把你的劳动果实给我。

倒霉爵士拿出他唯一的一枚钱币，放在山坡的草地上；可是钱币滚落开去，不见了。三个女巫和骑士继续往上爬，但尽管他们又走了好几个小时，却一步也没有前进。山顶还是那样遥远，他们面前的

好 运 泉

地上仍然刻着那一行字。

太阳掠过他们的头顶,开始向远处的地平线滑落,他们都感到灰心丧气,但是艾尔蒂达走得比其他人更快、更卖力,她还催促其他人像她一样做,尽管她在魔法山上一步也没有前进。

"勇气,朋友们,不要放弃!"她喊道,一边擦去额头上的汗水。

亮晶晶的汗珠落在地上,挡住他们道路的那一行字消失了,他们发现自己又能继续上山了。

清除了第二个障碍,他们高兴极了,以最快的速度往山顶赶去,最后终于看见了好运泉,它像水晶一样在树木花草之间闪闪烁烁。

可是,没等他们来到泉边,却遇到一条河。这条河环绕山顶,挡住了他们的去路。在清澈的河水深处,有一块光滑的石头,上面显出这样一行字:

把你过去的财富给我。

倒霉爵士想坐着他的盾牌漂过河去,可是盾牌

沉入了水中。三个女巫把爵士从河里拉上来，然后，她们自己想从河上一跃而过。然而河流不让她们通过。这个时候，太阳在天空中越落越低了。

于是他们开始思索石头上那句话的意思，阿玛塔第一个明白过来。她拔出魔杖，从脑海里抽出她和她那位消失的情人一起度过的所有快乐时光，把它们丢进了流淌的河水。激流把这些记忆带走了，河里出现了几块踏脚石，三个女巫和骑士终于能过河去山顶了。

好运泉在他们面前闪闪发亮，周围是他们从

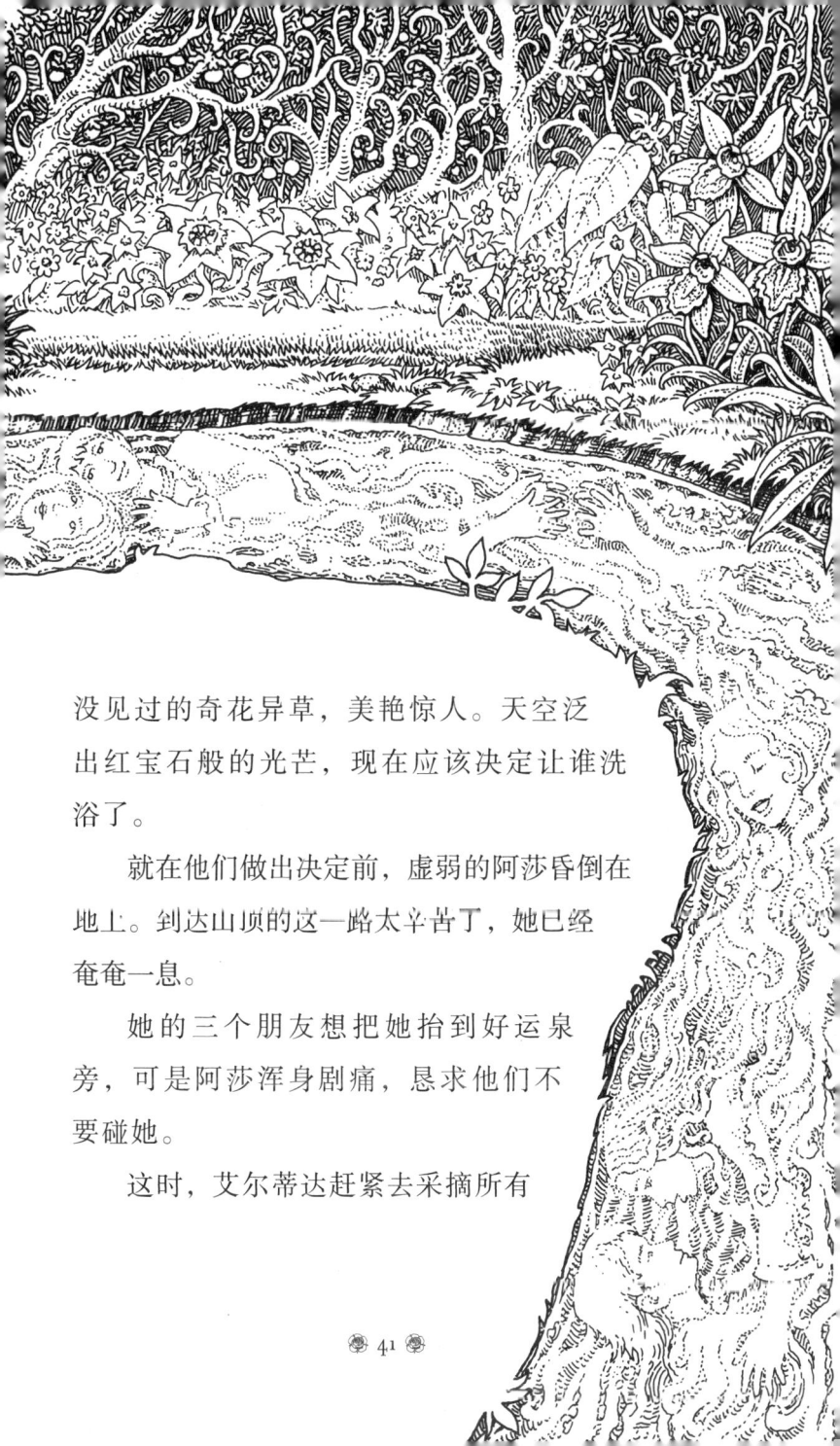

没见过的奇花异草，美艳惊人。天空泛出红宝石般的光芒，现在应该决定让谁洗浴了。

就在他们做出决定前，虚弱的阿莎昏倒在地上。到达山顶的这一路太辛苦了，她已经奄奄一息。

她的三个朋友想把她抬到好运泉旁，可是阿莎浑身剧痛，恳求他们不要碰她。

这时，艾尔蒂达赶紧去采摘所有

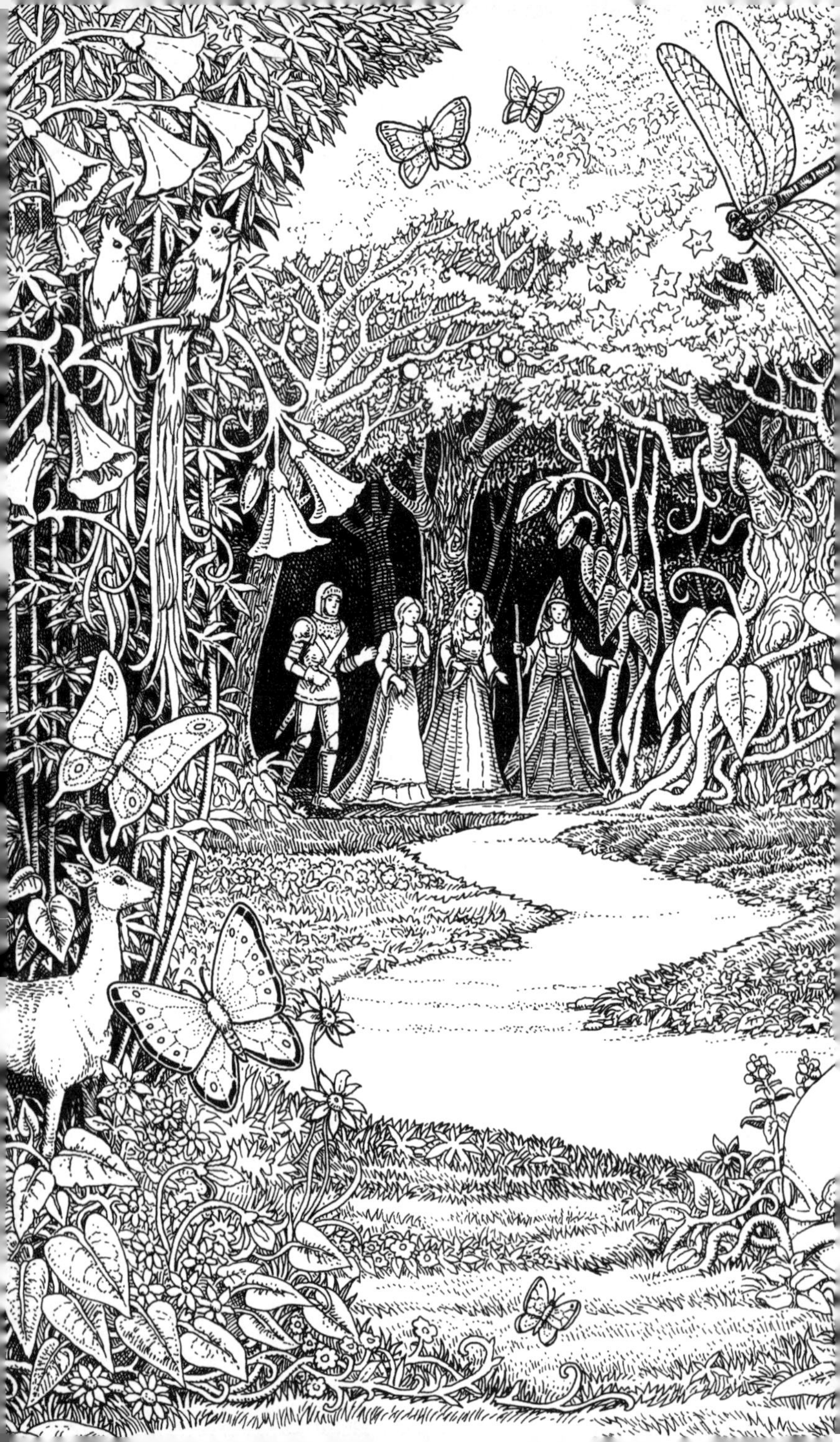

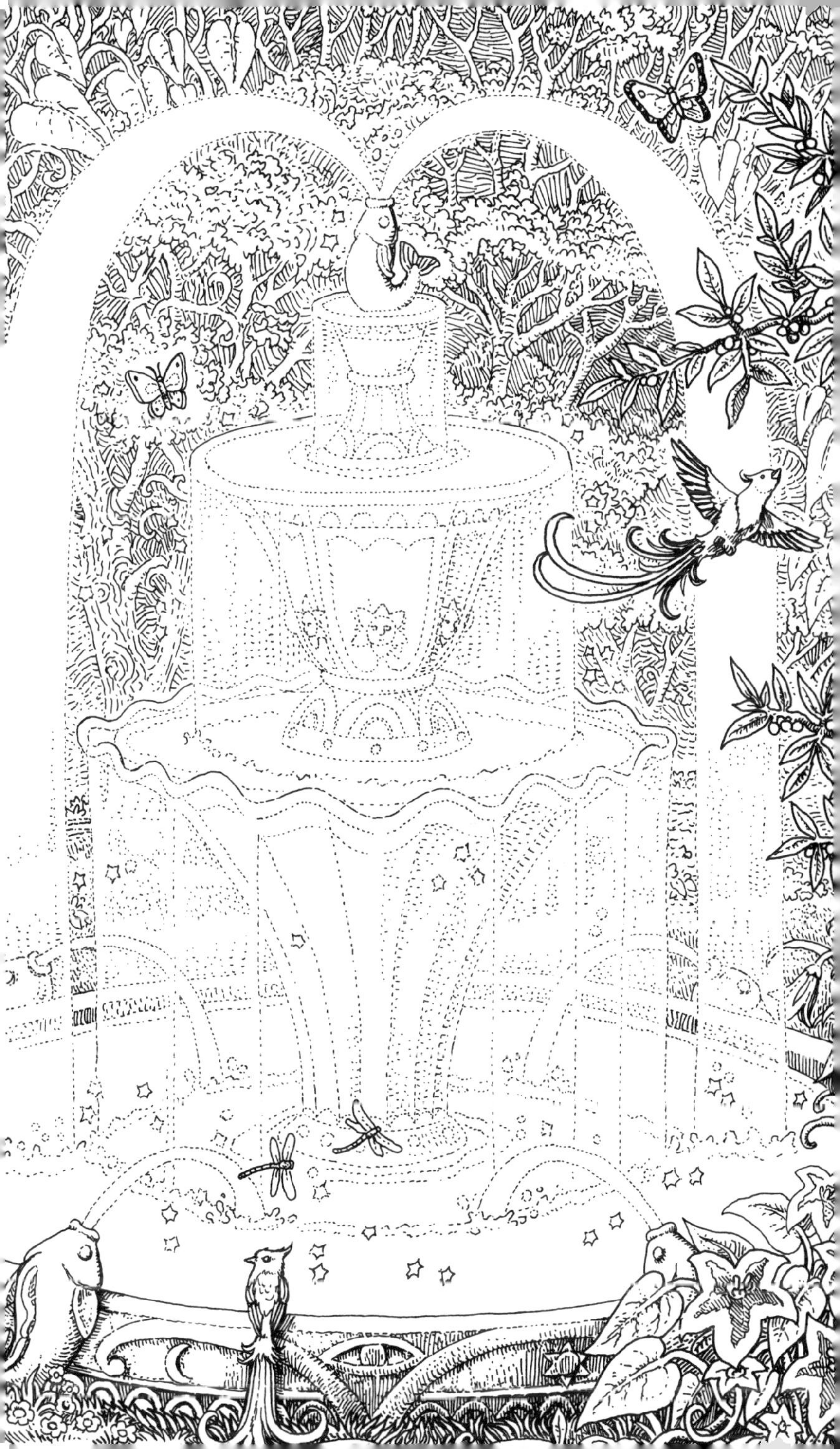

她认为有效的草药,把它们放在倒霉爵士的水葫芦里调匀,喂进阿莎的嘴里。

阿莎立刻能够站起来了。而且,她的绝症的所有症状都消失了。

"我痊愈了!"她大声说,"我不需要好运泉了——让艾尔蒂达沐浴吧!"

可是艾尔蒂达正忙着采摘更多的草药,放在她

好　运　泉

的围裙里。

"既然我能治愈这种疾病，就能挣到很多金子！让阿玛塔沐浴吧！"

倒霉爵士鞠了一个躬，示意阿玛塔朝泉水走去，可是阿玛塔摇了摇头。河水冲走了她对恋人的所有思念，她这才发现他是多么冷酷，多么无情无义，能够摆脱他实在是一种幸福。

"善良的先生，你去洗浴吧，作为对你侠义行为的报偿！"她对倒霉爵士说。

于是，在夕阳的最后几道余晖中，骑士铿铿锵锵地走上前去，在好运泉里洗了澡。他惊讶地发现自己成了千里挑一的幸运儿，便为这不可思议的好运气感到飘飘然。

太阳沉落到了地平线下，倒霉爵士从泉水里走出来，周身闪耀着喜悦的光芒。他穿着锈迹斑斑的盔甲，扑倒在阿玛塔脚下，觉得阿玛塔是他见过的最善良最美丽的女人。他兴奋得满脸通红,向她求婚，请求得到她的芳心。阿玛塔也非常高兴，意识到自己发现了一个值得以心相许的男人。

诗翁彼豆故事集

好 运 泉

三个女巫和骑士手挽着手,一起朝山下走去。

四个人非常幸福地活了很久,可他们谁也不知道,也从未怀疑过,其实好运泉的泉水一点魔法也没有。

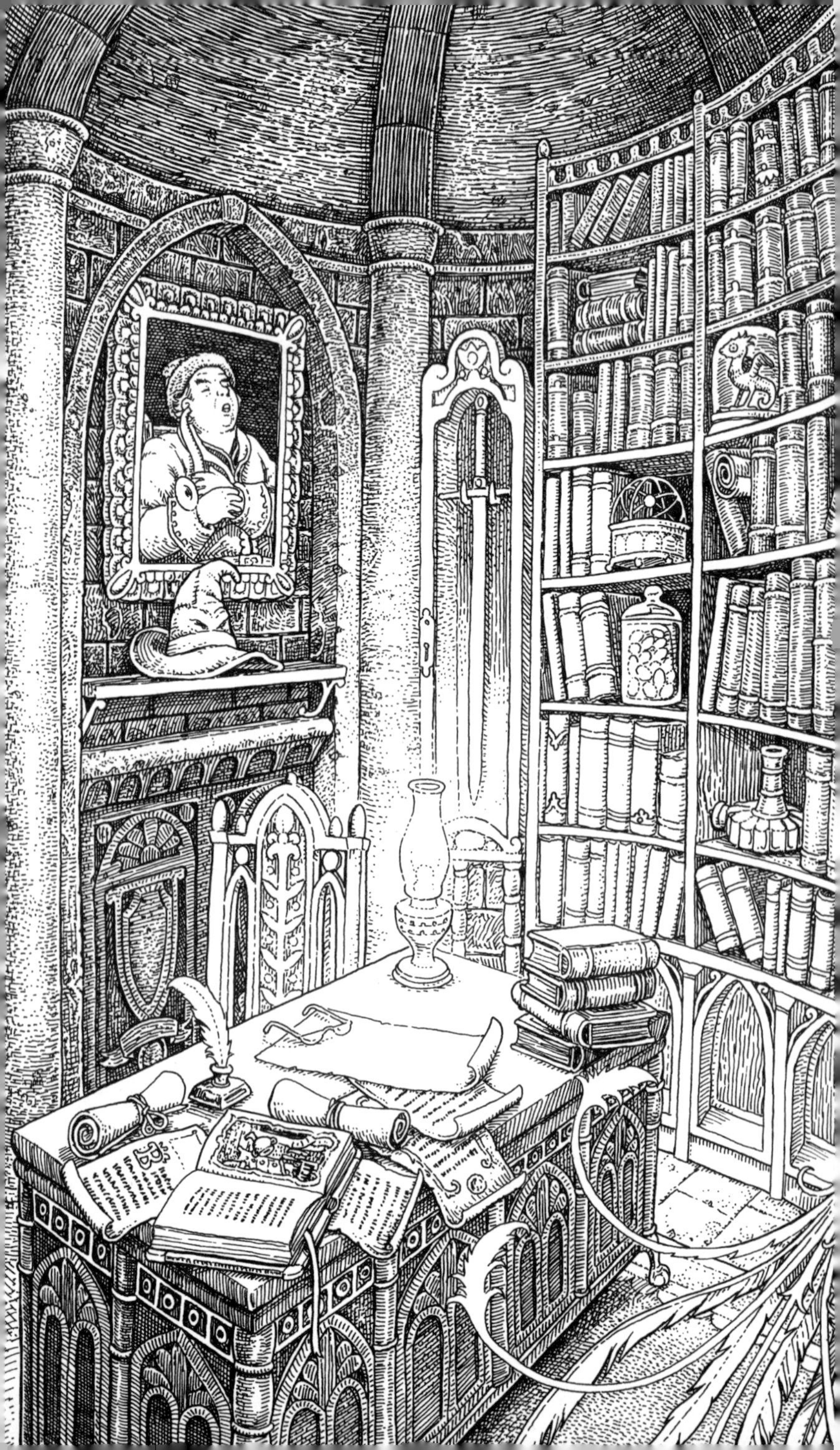

阿不思·邓布利多的点评

《好运泉》是一个长期深受喜欢的故事,竟然还在霍格沃茨的节日庆祝活动中被排成了一部圣诞节的哑剧,这是绝无仅有的。

那个时候的草药课教师赫伯特·比尔利教授①是一位十分热心的戏剧爱好

---

① 比尔利教授最后离开了霍格沃茨,到魔法戏剧学院任教,他曾经向我坦言,他在那里始终强烈反对将这个故事搬上舞台,认为它不吉利。——邓布利多注

者，他提出要把这个深受孩子们喜爱的故事改编成一个圣诞节的演出节目，供师生们欣赏。我当时是一位年轻的变形课教师，赫伯特分配我负责"特技效果"，包括提供一个功能齐全的好运泉，以及一个小型的草坡，我们的三位女主人公和一位男主人公做出往上面爬的样子，然后草坡慢慢沉入舞台下面不见了。

我认为，我可以毫不自夸地说，我的好运泉和草坡都认真负责地完成了分配给它们的任务。然而，剧组的其他成员就不能这么说了。我们暂且不说神奇动物保护课教师西尔瓦努斯·凯特尔伯恩提供的那条巨大"蚯蚓"模样古怪，动作滑稽，因为最后证明是人为因素破坏了整台演出。比尔利教授作为导演，竟然没有意识到发生在他鼻子底下的感情纠葛，这就很危险了。他不知道扮演阿玛塔的学生和扮演倒霉爵士的学生一直是一对恋人，而就在大幕拉开的一个小时前，"倒霉爵士"移情别恋，爱上了"阿莎"。

阿不思·邓布利多的点评

只要说一句就够了：我们那几个寻找好运泉的人始终没有到达山顶。大幕刚刚拉开，凯特尔伯恩教授的"蚯蚓"——大家这才看出是一条被施了膨胀咒的火灰蛇[1]——突然爆炸，腾起一团炽热的火星和灰尘，使大礼堂里充满了烟雾和布景碎片。它在我的山脚下的那些巨大的火蛋点燃了地板，"阿玛塔"和"阿莎"捉对厮杀，决斗得难解难分，比尔利教授也被卷进了她们的交战。浓烈的大火席卷了舞台，眼看就要吞噬整个大礼堂，师生们不得不从礼堂撤离。那天晚上演出的最后结果是，医院里人满为患，过了好几个月，大礼堂里那股刺鼻的烧焦了的木头味儿才逐渐散尽，过了更长的时间，比尔利教授的脑袋才恢复了正常的比例，凯特尔伯恩教授才结束

---

[1] 欲知这种奇特动物的具体特性，请参见《神奇动物在哪里》。人们绝对不应该把它引进一个镶着木板的房间，也不应该给它施膨胀咒。——邓布利多注

诗翁彼豆故事集

了他的试用期①。校长阿曼多·迪佩特规定今后全面禁止哑剧演出,这样一个傲慢的非戏剧性的传统,霍格沃茨一直延续至今。

尽管我们的演出以惨败收场,但《好运泉》大概是"彼豆故事"里最受欢迎的一个故事,不过它像《巫师和跳跳埚》一样,也遭到了一些人的诋毁。不止一位家长要求把这个故事从霍格沃茨图书馆清除出去,其中碰巧就有布鲁图斯·马尔福的一位后裔——卢修斯·马尔福先生,他一度是霍格沃茨学校董事会的成员。马尔福先生提交了要求取缔这个故事的书面申请:

---

① 凯特尔伯恩教授在担任神奇动物保护课教师期间,经历了长达六十二年的试用期。他和我的前任——霍格沃茨校长迪佩特教授的关系一直比较紧张,迪佩特教授认为他有点鲁莽草率。不过,到我担任校长时,凯特尔伯恩教授已经变得稳重多了,尽管总有些人一针见血地认为,他的四肢只剩下了一肢半,也只能过一种相对比较平静的生活了。——邓布利多注

阿不思·邓布利多的点评

　　任何描绘巫师和麻瓜通婚的虚构或非虚构类作品，都应该禁止出现在霍格沃茨的书架上。我不希望我的儿子因阅读这些宣传巫师和麻瓜通婚的故事而受到影响，玷污其血统的纯正。

我拒绝把这本书从图书馆撤掉，并得到了董事会大多数成员的支持。我给马尔福先生写了一封回信，解释了我的决定：

　　所谓的纯血统家庭，通过抵赖或说谎的方式，否认他们的家族里有麻瓜或麻瓜出身者，以维护他们所声称的血统的纯正。他们还企图把他们的这种虚伪强加给我们其他人，要我们取缔那些说出他们所否认的真相的作品。世界上的每一位巫师，其血管里都混杂着麻瓜的血液，因此我认为，把这一主题从我们学生的知识宝库中清除出去，是既不合理，也不道德的。①

这次交流,标志着马尔福先生开始长期致力于把我从霍格沃茨校长的位置上拉下来,也标志着我开始把他从伏地魔最得力的食死徒的位置上拉下来。

---

① 我回信之后,马尔福先生又来了几封信,但主要是一些对我的精神状况、出身和个人卫生的辱骂之词,与这篇点评没有什么关系。——邓布利多注

3

男巫
的
毛心脏

从前，有一位英俊、富有、天资聪颖的年轻男巫，他发现他的朋友们一旦陷入爱河，便都喜欢嬉闹打扮，变得愚蠢起来，失去了自己的品位和尊严。年轻的男巫打定主意，他永远不做这种意志薄弱的牺牲品，并利用黑魔法来加强自己的免疫力。

男巫的家人不知道他的秘密，看到他这么孤傲、冷漠，都取笑他。

"一切都会改变的，"他们预言道，"等一个姑娘俘虏了他的心之后！"

可是，年轻男巫的心一直没有任何触动。尽管许多姑娘都被他高傲的风度所吸引,用尽各种微妙的技巧来讨他的喜欢,但都没能够打动他的心。男巫为自己的冷漠,以及冷漠背后的智慧而沾沾自喜。

青春的最初阶段过去了,男巫的同龄人都开始结婚生子。

"他们的心肯定都成了空壳,"他看到周围年轻父母们的滑稽行为,暗自讥笑道,"被这些哇哇乱哭的娃娃们弄得手忙脚乱!"

他再一次庆幸自己早年做出的决定是多么英明。

后来,男巫年迈的双亲去世了。男巫并不为此感到悲痛。相反,他认为他们的死给他带来了好运。现在他一个人掌管着他们的城堡。他把自己最重要的财富转移到最深的地牢里,放任自己过着富足和安逸的生活,他的许多仆人都把让他舒适当作他们唯一的工作目标。

男巫以为,不管是谁,看见他奢华而无忧无虑的独居生活,肯定都会非常羡慕。因此,当他有一天无意中听见两个男仆谈论主人时,他内心的气愤

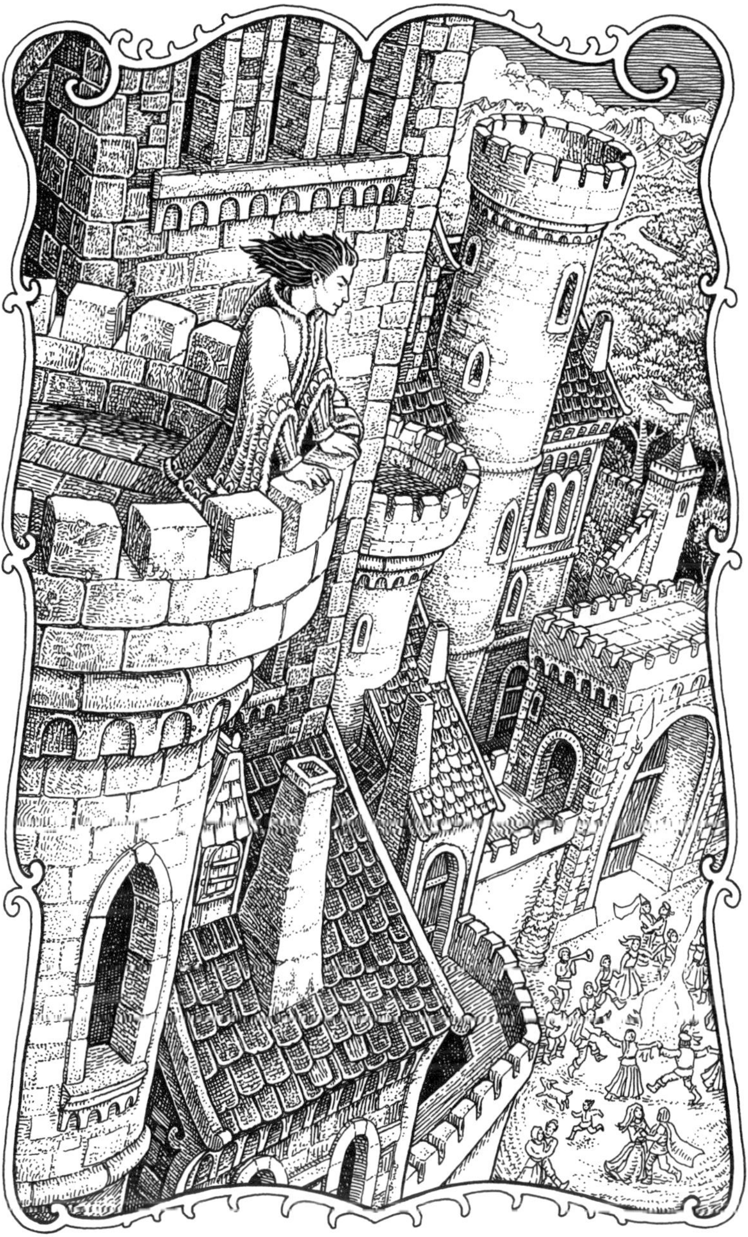

和恼怒实在无法遏制。

第一个男仆表示了对男巫的同情，他虽然有财富、有权力，却没有一个人爱过他。

可是另一个男仆笑了起来，反问：一个男人拥有这么多金子，拥有宫殿一般的城堡，为什么没能找到一位妻子呢？

男巫听到这里，自尊心受到了沉重的打击。

他立刻决定找一位妻子，而且她一定要比别人的妻子都优秀。她要拥有惊人的美貌，每个男人一看见她，内心都会激起爱慕和欲望。她要来自魔法家庭，这样他们的子女将会继承出色的魔法天赋。她还要拥有至少与他相当的财富，这样，即使家里添了人口，

男巫的毛心脏

他的舒适生活也能得到保障。

男巫恐怕要花上五十年才能找到这样一位女子,然而无巧不成书,就在他决定寻找妻子的第二天,一个完全符合他要求的女人到邻居家走亲戚来了。

她是一个技艺高超的女巫,拥有很多财富。她的美貌实在惊人,男人一看见她就会怦然心动。当

诗翁彼豆故事集

然啦,只有一个人例外。男巫的心仍然毫无感觉。不过,既然她就是他所寻找的战利品,他还是向她求婚了。

人们注意到男巫的态度变了,都感到很吃惊,对这位姑娘说,一百个女人都没有成功的事,在她这里居然成功了。

男巫的毛心脏

面对男巫的殷勤,年轻姑娘觉得又新奇又反感。她感觉到了他那些温暖的甜言蜜语后面的冷漠,她以前从没遇到过这样奇怪、孤傲的男人。但亲戚们都认为他们是天造地设的一对,急于促成好事,她便接受了男巫的邀请,参加男巫为她举办的盛大宴会。

餐桌上摆放着最精美的银质和金质餐具，里面盛着最丰盛的食物。艺人们弹拨着缠着丝带的鲁特琴，歌唱着他们的主人从未感受过的爱情。姑娘坐在男巫旁边的宝座上，男巫轻声细语地说着他从诗人那里偷来的情话，却并不理解这些话的真正含义。

姑娘听着，感到十分困惑，最后她回答道："您说得很好，男巫，如果我认为您有一颗心，我会为您的这般殷勤而高兴的！"

男巫笑了，告诉她无需为此担心。他吩咐她跟着自己离开了宴席，下楼走到锁着的地牢里，这里藏着他最重要的财富。

在一个被施了魔法的水晶匣子里，放着男巫的一颗跳动的心脏。

这颗心脏长期与眼睛、耳朵和手指隔绝，它从来没有被美、被音乐般的歌喉、被绸缎般的肌肤所俘虏。姑娘看到眼前的景象，害怕极了，因为这颗心脏已经皱缩，上面覆盖着长长的黑毛。

"哦，你做了什么呀？"她悲痛地说，"把它放

男巫的毛心脏

回它原来的地方,我恳求您了!"

男巫看到只有这么做才能让她高兴,就抽出魔杖,打开水晶匣子的锁,剖开自己的胸膛,把那颗长毛的心脏重新放进了它原来待的那个空洞里。

"现在你被治愈了,就知道什么是真正的爱情了!"姑娘大声说着,拥抱了他。

她洁白柔软的肌肤的触摸,她喷在他耳畔的气息,她浓密的金色秀发的芳香:所有这些,都像矛一样刺中了他刚刚觉醒的心脏。但是在长期的放逐中，在被囚禁的黑暗中，这颗心脏已经变得异样，变得鲁莽而野蛮，它的欲望变得凶猛而乖戾。

宴席上的客人们注意到了主人和姑娘的离席。起先他们并没有感到不安，但是很长时间过去后，他们焦虑了，便开始在城堡里搜寻。

最后他们发现了地牢，等待他们的是一幕十分恐怖的景象。

姑娘躺在地板上，已经死了，她的胸膛被剖开，疯狂的男巫蹲在她身旁，一只血淋淋的手里抓着一颗大大的、鲜红而光滑的心脏；他舔着、抚摸着这颗心脏，发誓要用它跟自己的心脏交换。

他的另一只手里，握着他的魔杖，他想劝说那颗皱缩的、长毛的心脏离开自己的胸膛。但是长毛的心脏比他更强大，不肯放弃对他感官的控制，回到它被囚禁了很长时间的棺材里。

在客人们惊恐的注视下，男巫把魔杖扔到一边，抓起了一把银质的匕首。他发誓再也不愿被自己的心脏控制，他把那颗心从自己的胸膛里挑

男巫的毛心脏

了出来。

男巫得意地跪倒在地上，每只手里抓着一颗心脏。接着，他倒在姑娘的尸体上，死了。

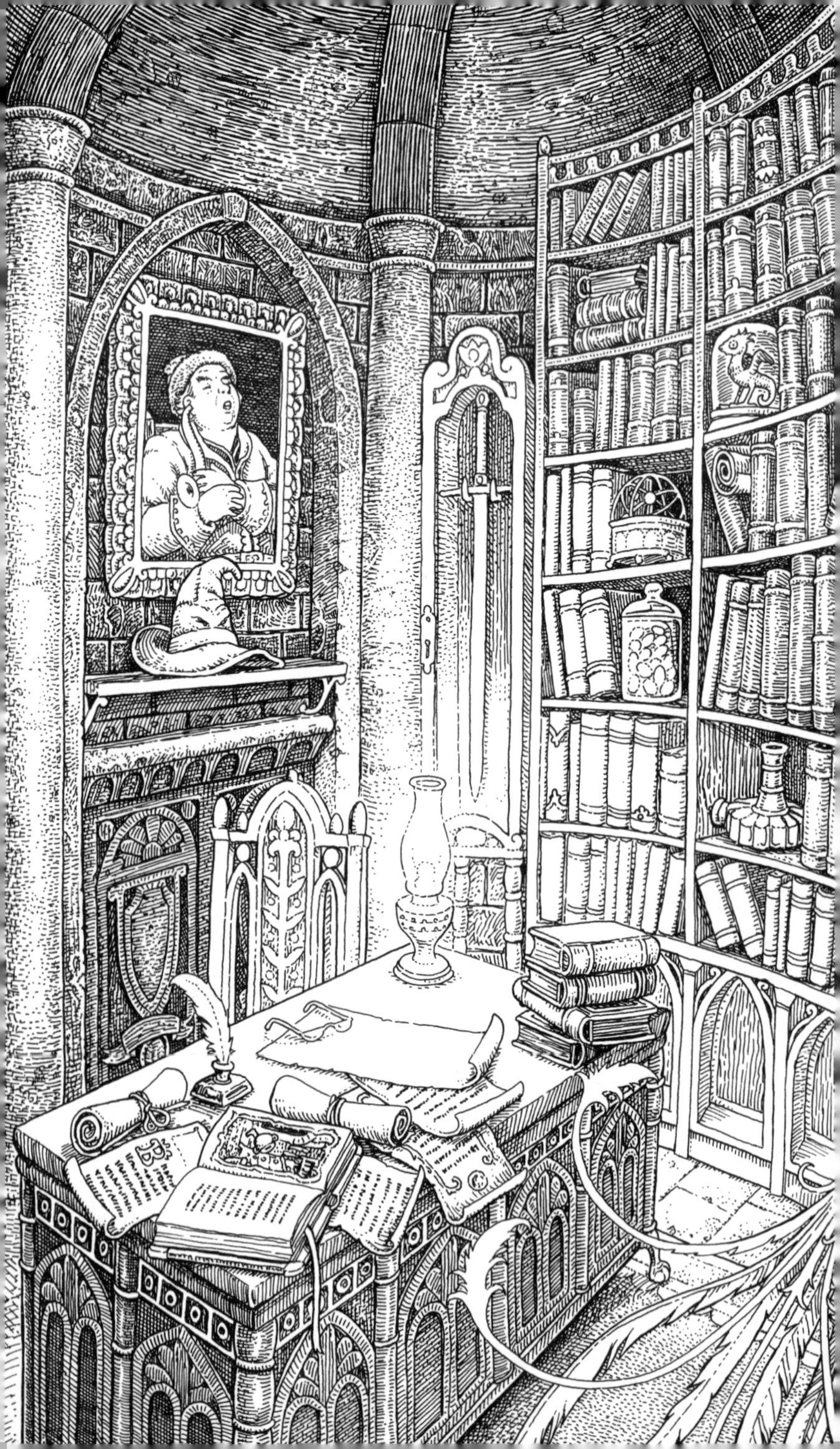

阿不思·邓布利多的点评

我们已经看到,彼豆的前两个故事,因为其慷慨、忍耐和仁爱的主题而招致了批评。而《男巫的毛心脏》自最初写成的几百年来,似乎无人修改过,也很少有人对其做出过批评。我最后读到的这个故事的如尼文原始版本,几乎和我母亲跟我讲的完全一样。也就是说,《男巫的毛心脏》绝对是彼豆作品中最令人毛骨悚然的一个故事,许多父母一直等到自己的孩子长大,不再做噩梦

诗翁彼豆故事集

了才会讲给他们听。①

那么，这个恐怖的故事为什么能保存下来呢？我认为，《男巫的毛心脏》之所以历经几个世纪还完好如初，是因为它针对的是我们每个人最阴暗的内心世界。它表达了一种最强大，同时最不被人承认

---

① 根据比阿特丽克斯·布洛克萨姆的日记，她无意中听到她的姨妈给表哥表姐们讲这个故事，后来她一直没能从那种震惊中恢复过来。"非常偶然地，我的小耳朵贴在了钥匙孔上。我只能想象我当时肯定是被吓蒙了，全身动弹不得，竟然一字不漏地听到了那个令人恶心的故事，更不用说还有我姨夫诺比、当地老巫婆和一口袋跳跳球茎的最龌龊下流的勾当的可怕细节。那种震惊差点儿要了我的命。我在床上躺了一个星期。我受的伤害太严重了，竟然养成了每天夜里梦游到那个钥匙孔边的习惯。最后，我那亲爱的、一心只为我好的爸爸，每晚睡觉前都在我的门上念一个粘贴咒。"显然，比阿特丽克斯认为没有办法让《男巫的毛心脏》适合孩子们稚嫩的耳朵，所以她从来没有在她的《毒菌故事集》里改写过这个故事。——邓布利多注

阿不思·邓布利多的点评

的魔法诱惑：追求金刚不坏之身。

当然啦，这样的追求无异于痴心妄想。任何一个活着的人，不管是男是女，会不会魔法，都逃脱不了某种形式的伤害，肉体的、精神的或情感的。受伤就跟呼吸一样，是人类的本能。然而，我们巫师似乎特别愿意接受这样一个观点：我们可以随心所欲地改变生存规律。比如，这个故事中的年轻男巫①，认定陷入爱情会给他的舒适和安全带来不利影

---

① "男巫"是一个非常古老的称呼。尽管它有时候可以跟"巫师"替换使用，但它最初的意思是指一个擅长格斗和各种战争魔法的人。同时，它还作为一种头衔，赐给那些表现出英勇壮举的巫师，就像麻瓜有时候因行为勇敢而被封为骑士一样。彼豆在这个故事中称这位年轻的巫师为"男巫"，表明此人在攻击性魔法方面的高超技巧已经得到公认。如今，巫师们在下面两种情况下使用"男巫"这个称呼：形容一个容貌特别凶狠的巫师，或者，作为一种头衔赐给身手不凡或成就辉煌的人。邓布利多本人就是威森加摩的首席"大男巫"。——J.K.罗琳注

响。他把爱情看作一种耻辱，一种弱点，一种对人的情感和物质资源的消耗。

迷情剂的买卖已经有好几个世纪的历史，这就表明，想要控制不可预知的爱情轨迹的并不只是故事中这位巫师一个人。对某种真正的迷情剂①的追求一直延续到今天，但是这种灵丹妙药还没有被制造出来，而且，连最杰出的药剂师都在怀疑它的可靠性。

而这个故事里的男主角，他对自己能够随意制造或毁灭的爱情幻象并不感兴趣，他认为那是一种疾病。他希望永远不受它的影响，因此他施了一种黑魔法——这种魔法在故事之外是不可能操作的：把自己的心锁了起来。

许多作家都注意到，这种行为跟制造魂器有类

---

① 非凡药剂师协会的创办人赫克托·达格沃斯-格兰杰解释说："技艺高超的药剂师可以诱发强烈的爱慕情感，但是，迄今为止还没有一个人能够创造出那种真正牢不可破的、永恒的、无条件的、可以称为'爱情'的情感。"——邓布利多注

阿不思·邓布利多的点评

似之处。尽管彼豆的男主角并不追求逃避死亡，但是他分隔了显然不应该分隔的东西——身体和心脏，而不是灵魂——这样一来，他就违反了阿德贝·沃夫林的《魔法基本规则》的第一条：

> 随意篡改最深层次的秘密——生命的来源，自我的精髓——必须准备承担最极端和最危险的后果。

果然，这位鲁莽的年轻人想让自己变成一个超人，结果使自己丧失了人性。那颗被他锁起来的心脏逐渐皱缩，长出了毛，象征着他本人沦为兽类。他最后堕落为一头凶猛的野兽，粗暴地抢夺他想要的东西，企图得到他已无法得到的东西——一颗人的心脏，但是他的努力失败，他因此而一命呜呼。

"有一颗毛心脏"这句话虽然陈旧，却已进入巫师的日常用语，用来形容一个冷酷的、铁石心肠的巫师。我那未婚的姑妈霍诺利亚总是声称，她跟一个在禁止滥用魔法办公室工作的巫师解除了婚约，因为她及时发现了"他有一颗毛心脏"。(实际上,根据传言,她当时发现他在逗弄几只霍克拉普①,觉得特别震惊。)最近,自助读物《毛心脏:不敢做坏事的巫师必读》②登上了畅销书榜首。

---

① 霍克拉普是一种粉红色的、带刺毛的、蘑菇般的动物,很难理解为什么有人愿意逗弄它们。详见《神奇动物在哪里》。——邓布利多注
② 请勿与《毛鼻子,人心》混淆,《毛鼻子,人心》讲述的是一个人与变成狼人的倾向抗争的令人心碎的故事。——邓布利多注

4
兔子巴比蒂和她的呱呱树桩

很久很久以前，在一个很远很远的地方，住着一个愚蠢的国王，他认为只应该让他一个人拥有魔法的力量。

因此，国王命令他的军队首领成立一支女巫追捕小分队，并分配给他们一批凶猛的黑色猎狗。与此同时，他还在全国的城镇乡村发布公告："国王招聘一位魔法教员。"

那些真正的巫师，谁也不敢出来主动应聘，他们都躲避着女巫追捕小分队。

然而，有一位根本不会魔法的狡猾的江湖骗子看到了发财的机会，他来到王宫，声称自己是一位技

艺高超的巫师。江湖骗子变了几个简单的戏法，愚蠢的国王就相信他确实会魔法，立刻任命他为首席大魔法师和国王的私人魔法大师。

江湖骗子让国王给他一大袋金子，他拿去买魔杖和其他魔法必需品。他还索要了几颗很大的红宝石，说要用来完成疗伤咒；还有一两只银质高脚杯，说要用来保存和酿造魔药。所有这些东西，愚蠢的国王都提供给了他。

江湖骗子把这些财宝存放在自己家里，然后回到了王宫的庭园里。

他不知道，一个住在庭园边上一座简陋小茅屋里的老太婆正在注视着他。老太婆名叫巴比蒂，是一

个洗衣妇,负责把王宫里的床单被罩洗得柔软、洁白、芳香。巴比蒂从晾晒的床单后面偷偷看着,发现江湖骗子从国王的一棵树上折了两根树枝,然后进了王宫。

江湖骗子把一根树枝递给国王,信誓旦旦地说这是一根威力无比的魔杖。

"不过,"江湖骗子说,"等你有了资格,它才会管用。"

每天早晨,江湖骗子和愚蠢的国王走出王宫,来到庭园,挥舞着他们的魔杖,冲着天空喊叫一些胡言乱语。江湖骗子又谨慎地变了几个戏法,让国王相信他这位大魔法师确实技艺超群,花这么多金子

诗翁彼豆故事集

弄来的魔杖确实威力无比。

一天早晨，江湖骗子和国王正在挥舞他们的树枝，绕着圈子蹦来蹦去，嘴里念着一些毫无意义的诗文，这时一阵呱呱大笑传进了国王的耳朵。洗衣妇巴比蒂正从小茅屋的窗口注视着国王和江湖骗子，她笑得太厉害了，站都站不住，很快就从窗口消失了。

"我肯定显得特别不庄重，才让洗衣服的老太婆笑成那副模样！"国王说。他不再蹦蹦跳跳、挥舞树枝，而是皱起了眉头。"我已经厌倦了练习！魔法师，我什么时候才能在我的臣民们面前表演真正的咒语呢？"

江湖骗子试图安慰他的学生，保证说他很快就

兔子巴比蒂和她的呱呱树桩

能做出惊人的魔法壮举,可是江湖骗子不知道,巴比蒂的呱呱笑声已经深深地刺痛了愚蠢的国王。

"明天,"国王说,"我们邀请所有的朝臣观看本王表演魔法!"

江湖骗子知道时候已到,他必须卷着他的财产逃跑了。

"哎呀,陛下,这是不可能的!我忘记告诉陛下了,我明天必须出远门呢——"

"如果你不经我的允许擅自离开王宫,魔法师,我的女巫追捕小分队就会用他们的猎狗把你找来!明天早晨你必须协助我,为我的王公贵族们表演魔法;如果有人嘲笑我,我就砍掉你的头!"

国王气冲冲地回王宫去了,留下江湖骗子一个人惊慌失措地待

在那里。现在他所有的奸诈狡猾都救不了他了，他没法逃跑，也没法帮助国王完成他们俩都不会的魔法。

为了发泄他的恐惧和愤怒，江湖骗子走到洗衣妇巴比蒂的窗口。他往里面窥望，看见小老太婆正坐在桌旁擦拭一根魔杖。在她身后的墙角里，国王的床单正在一个木桶里自动清洗呢。

江湖骗子立刻明白了，巴比蒂是一个真正的女巫，她给他带来了可怕的麻烦，同时也能使他化险为夷。

"干瘪的老太婆！"江湖骗子咆哮着说，"你的呱呱大笑要了我的命！如果你不能帮助我，我就揭发你是一个女巫，这样，被国王的猎狗撕成碎片的就是你了！"

老巴比蒂笑眯眯地看着江湖骗子，向他保证说，她会尽自己所有的能力帮助他。

江湖骗子吩咐她藏在灌木丛里，并在国王表演魔法时，替国王完成那些咒语，但不能让国王知道。

兔子巴比蒂和她的呱呱树桩

巴比蒂同意了这个计划,但是问了一个问题。

"先生,如果国王想施一个巴比蒂不会的魔法,怎么办呢?"

江湖骗子嗤之以鼻。

"你的魔法完全对付得了那个傻瓜的想象力。"他向她保证,然后便回城堡了,为自己的聪明沾沾自喜。

第二天早晨,王国里所有的王公贵族都聚集在王宫的庭园里。国王登上了他们面前的一个舞台,江湖骗子站在他身边。

"首先,我要让这位女士的帽子消失!"国王用他的树枝指着一位贵妇人,大声说道。

在旁边的灌木丛里,巴比蒂用她的魔杖一指那顶帽子,帽子消失了。观众们非常惊讶,赞不绝口,他们的喝彩声震耳欲聋,国王听了欢欣鼓舞。

"接着,我要让那匹马飞起来!"国王用他的树枝指着自己的战马,大声说道。

巴比蒂躲在灌木丛中,用她的魔杖一指那匹马,马就飞上了高高的天空。

观众们更加兴奋,更加诧异,大声地表达着他们对国王高超的魔法技艺的赞赏。

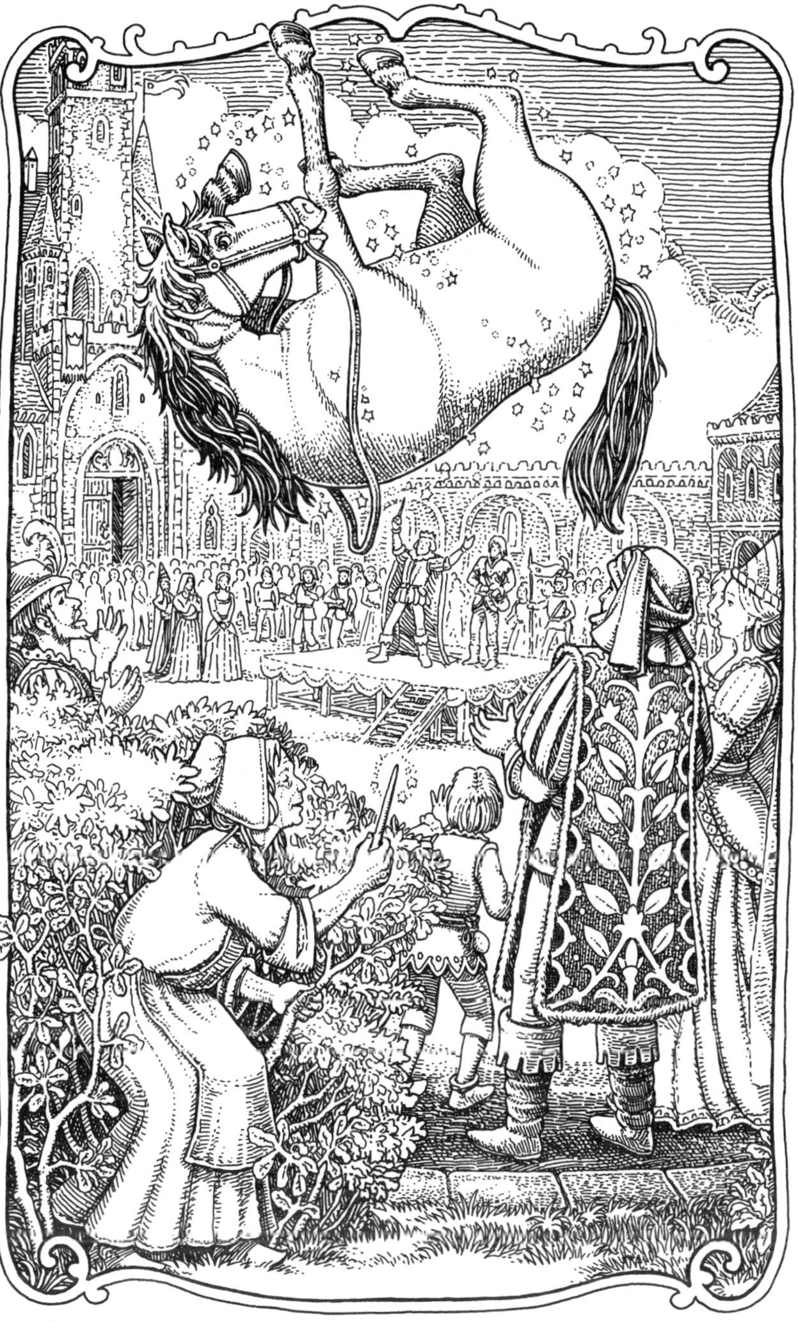

"现在——"国王环顾四周寻找目标，这时女巫追捕小分队的队长跑上前来。

"陛下，"小队长说，"就在今天早晨，沙伯吃了一个毒蘑菇死了！陛下，用您的魔杖，让它起死回生吧！"

说着，那位队长把追捕女巫的那条最大的猎狗的尸体搬到了舞台上。

兔子巴比蒂和她的呱呱树桩

　　愚蠢的国王一挥他的树枝,用它指着死狗。而在灌木丛中,巴比蒂微微笑着,并没有举起魔杖,因为没有一种魔法能够起死回生。

　　看到死狗一动不动,人群起初开始窃窃私语,接着便大笑起来。他们怀疑国王的前两个魔法只是变变戏法而已。

　　"为什么不管用?"国王冲着江湖骗子嚷道,江湖骗子想起了他仅存的一个诡计。

　　"是这样的,陛下,是这样的!"他指着巴比蒂隐藏的灌木丛喊道,"我看得清清楚楚,一个邪恶的女巫用她邪恶的咒语挡住了您的魔法!抓住她,来人,抓住她!"

诗翁彼豆故事集

巴比蒂从灌木丛中逃了出来,女巫追捕小分队立刻追了上去。他们放开那些猎狗,猎狗吠叫着追寻巴比蒂的气味。可是小个子女巫跑到一片低矮的篱笆前,一下子就消失了。等国王、江湖骗子和所有的朝臣绕到篱笆另一边时,发现那些追捕女巫的猎狗正围着一棵弯弯曲曲的老树狂吠、抓挠。

"她把自己变成了一棵树!"江湖骗子嚷道,他生怕巴比蒂重新变成女人之后揭发他的真面目,便又说,"把她砍掉,陛下,就该这样对付邪恶的女巫!"

斧头立刻就拿来了,老树被砍倒了,江湖骗子和朝臣们大声欢呼。

可是,就在他们准备返回王宫时,突然传来响亮的呱呱笑声,他们停住了脚步。

"傻瓜!"刚才被砍断的那棵树的树桩里传出了巴比蒂的喊叫声。

"把巫师砍成两半是弄不死他们的!如果不信,

兔子巴比蒂和她的呱呱树桩

就拿起斧头,把大魔法师砍成两半吧!"

女巫追捕小分队的队长急于做这个实验,但是他刚把斧头举起来,江湖骗子就跪倒在地,尖叫着恳求饶命,并坦白了自己干的坏事。当他被拖向地牢时,树桩又呱呱大笑起来,比以前笑得还响亮。

"把一个女巫砍成两半,你就给你的王国加了一道可怕的诅咒!"树桩对目瞪口呆的国王说,"从今往后,你加在我们巫师身上的每一丝伤害,都会像斧头一样砍在你自己的身上,最后使你生不如死!"

听了这话,国王也跪了下去,对树桩说他立刻就发布一则通告,保护王国里所有的男女巫师,允许他们平平安安地练习魔法。

"很好,"树桩说,"但是你还没有对巴比蒂做出补偿呢!"

"什么都行,什么都行!"愚蠢的国王喊道,在树桩前拧着两只手。

"你要在我上面竖起一座巴比蒂的雕像,纪念你可怜的洗衣妇，从而让你永远不会忘记你的愚蠢行为！"树桩说。

国王立刻答应了，保证请来全国最著名的雕刻家，用纯金打造那座雕像。当羞愧难当的国王和所有的王公贵族返回王宫时，那个树桩还在他们身后呱呱大笑。

兔子巴比蒂和她的呱呱树桩

等庭园里空无一人时,从树桩根部的一个洞里,钻出一只胖乎乎的、长着胡须的老兔子,它的牙齿间咬着一根魔杖。巴比蒂蹦蹦跳跳地离开庭园,远去了。从那以后,一座洗衣妇的金质雕像一直竖立在那个树桩上,王国里再也没有巫师遭到迫害了。

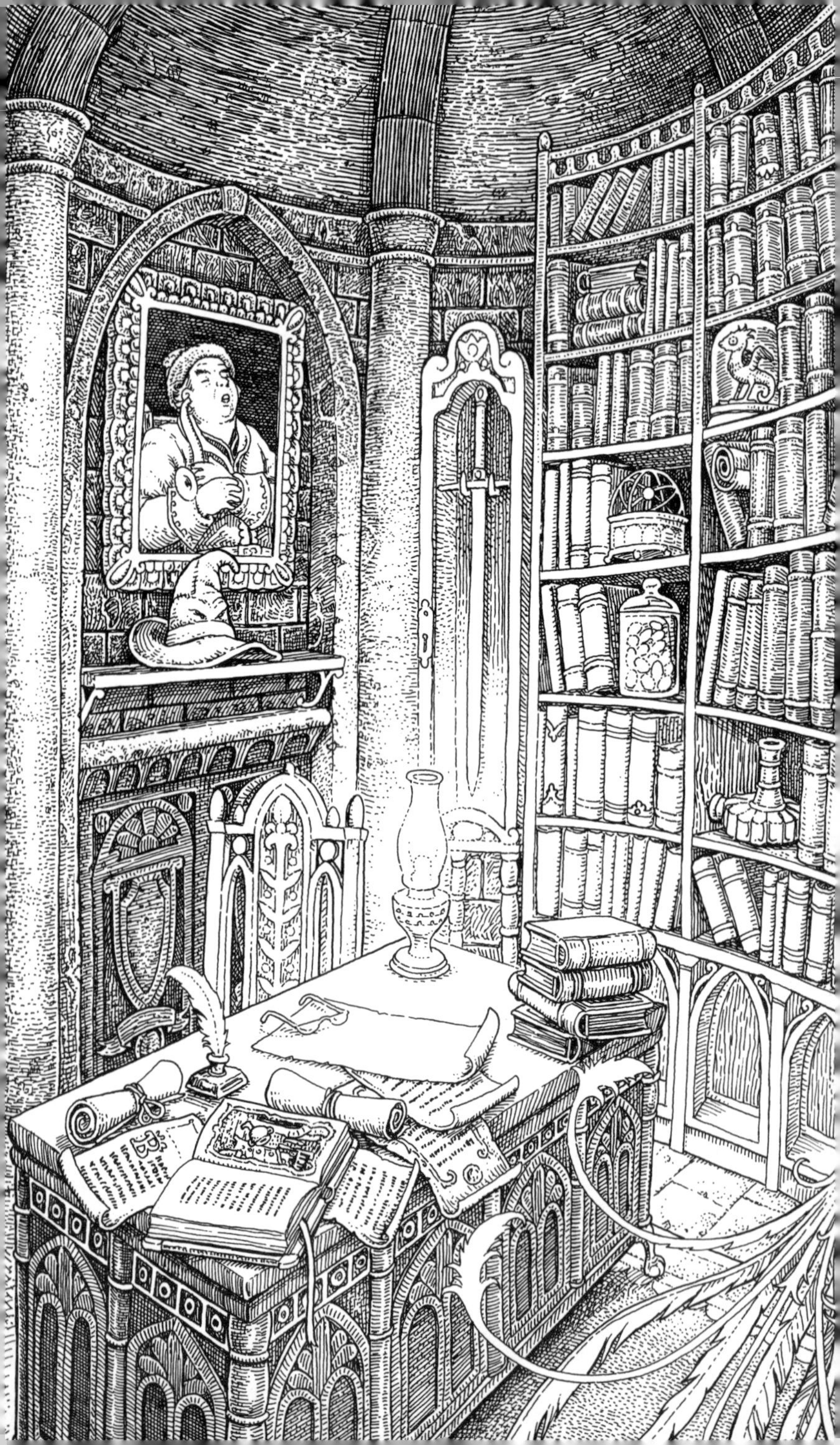

阿不思·邓布利多的点评

在许多方面,《兔子巴比蒂和她的呱呱树桩》都是彼豆故事中最"真实"的,因为故事中的魔法几乎完全遵循了已知的魔法规则。

正是通过这个故事,我们许多人第一次发现魔法不能够起死回生——这是一种莫大的失望和震惊,因为作为孩子,我们一直相信父母只要一挥魔杖,就会让那些死去的猫和老鼠苏醒过来。从彼豆写这个故事起,已经过去了六个

诗翁彼豆故事集

多世纪,我们一直想各种办法保持那种幻想——我们所爱的人还会继续存在①。但是,巫师们仍然没有找到一种办法,在死亡发生之后,把身体和灵魂重新连接在一起。正如著名的魔法哲学家伯特兰·德·潘西－普罗方德斯在他的名著《对自然死亡之实际及抽象结果的研究,特别是对精神与物质的再度统一的研究》中所写的:"放弃吧。这种事永远不会发生。"

不过,兔子巴比蒂的故事倒是首次在文学作品中提到了阿尼马格斯,因为洗衣妇巴比蒂拥有罕见的法术,能够随心所欲地变形为一只动物。

阿尼马格斯只占巫师人口中的很少一部分。要熟练而自然地由人转变为动物,需要长期的钻研和练习,许多巫师认为把时间用在别的方面更有价值。

---

① 魔法照片和肖像会动,而且(在肖像中)还会像真人一样说话。其他稀罕物品,如厄里斯魔镜,跟静态图片比起来,也能透露已故亲人更多的情况。幽灵是某些巫师透明的、活动的、会说话会思想的翻版,这些巫师出于某种原因希望继续留在世上。——J.K. 罗琳注

阿不思·邓布利多的点评

当然,对这种才能的使用是非常有限的,除非某人特别需要伪装或隐藏自己。正是由于这个原因,魔法部坚持把所有的阿尼马格斯登记在案,因为对于那些从事鬼鬼祟祟、不可告人的勾当,甚至从事犯罪活动的人来说,这类魔法无疑是十分有用的。①

是否真有这样一个能变为兔子的洗衣妇,还有待证实。但是,一些魔法历史学家提出,彼豆是根据法国著名女魔法师莉塞特·德·拉潘的形象塑造巴比蒂的。莉塞特于1422年在巴黎因从事巫术活动被判刑。令那些麻瓜看守大为吃惊的是,就在莉塞特将要被处死的前一天夜里,她从牢房里消失了,后来那些麻瓜看守都被指控帮助女巫越狱而受到了审判。尽管没有证据可以证明莉塞特是一个阿尼马格

---

① 霍格沃茨学校的校长麦格教授要求我说明,她之所以成为阿尼马格斯,是因为她广泛研究变形术的各种领域。她从没把变成花斑猫的本领用于任何不可告人的勾当,除了凤凰社的正事,但在这种情况下必须遵守保密和隐藏的准则。——J.K. 罗琳注

诗翁彼豆故事集

斯，从牢房窗户的栏杆间挤了出去；但是随后人们看见一只大白兔坐着一口扬着船帆的坩埚渡过了英吉利海峡。这只兔子后来成了国王亨利六世朝廷里的心腹顾问。[1]

彼豆故事里的国王，是一个愚蠢的麻瓜，他对魔法既垂涎又害怕。他相信，他只要通过学习念咒语和挥魔杖就能成为一名巫师[2]。他完全不知道魔法和巫师的真正特性，因此只好把江湖骗子和巴比蒂的

---

[1] 这大概可以说明麻瓜国王思想的不稳定性。——邓布利多注

[2] 早在1672年，神秘事务司的深入研究就显示，巫师是天生的，而不是造就的。麻瓜不会施魔法，尽管有时非魔法人士会表现出会施魔法的"异常"本领（不过后来的几项研究提出，这些家族里偶尔确实会出现一个巫师）。他们最多能够奢望的，是一根真正有魔力的魔杖随意地、无法控制地发挥作用，因为魔杖作为输送魔法的工具，有时候会保留一些残余力量，说不定什么时候就会释放出来——参见《三兄弟的传说》评论中关于魔杖学的笔记。——邓布利多注

阿不思·邓布利多的点评

荒唐建议照单全收。这无疑是典型的麻瓜思维：因为无知，他们愿意接受魔法带来的各种不可能的事情，包括认为巴比蒂把自己变成了一棵会思想会说话的树。（不过，这里值得注意的是，彼豆利用会说话的树来反映麻瓜国王的无知，同时他还要求我们相信巴比蒂变成兔子以后仍会说话，这恐怕是属于诗人的大胆狂想了。但是我认为更有可能的是彼豆只听说过阿尼马格斯，并没有见过。因为故事中他只在这一点上歪曲了魔法规律。阿尼马格斯变为动物形态后，就失去了会说人类语言的功能，尽管他们还保留着人类的思维和推理能力。每个小学生都知道，这是阿尼马格斯和把自己变形为动物的根本区别。某人把自己变形为动物之后，就完全变成了动物，因此也就不会魔法，也不知道自己曾经是一个巫师，并且需要别人把他重新变回原来的样子。）

我认为，彼豆选择让女主人公假装变成一棵树，以此来威胁国王感受斧头砍身的痛苦，可能是受到现实中的魔法传统和做法的启发。具有魔杖素质的树木总是受到魔杖制造者的有力保护，砍伐偷盗这样的树木，不仅会招惹通常栖息在那里的护树罗锅[1]的怨恨，而且还会尝到树的主人设置的防护咒所造成的恶果。在彼豆那个时代，夺魂咒[2]还没有被魔法部定为非法咒语，它能够造成的效果跟巴比蒂威胁国王所产生的效果完全一样。

---

[1] 欲知这种栖息在树上的古怪小动物的详情，请看《神奇动物在哪里》。——邓布利多注

[2] 夺魂咒、钻心咒和阿瓦达索命咒于1717年被定为不可饶恕咒，任何人一旦使用，将受到最为严厉的惩罚。——邓布利多注

5
三兄弟
的
传说

从前，有三兄弟在一条僻静的羊肠小道上赶路。天色已近黄昏，他们走着走着，来到一条河边。水太深了，无法蹚过，游过去也太危险。然而，三兄弟精通魔法，一挥魔杖，危险莫测的水上就出现了一座桥。他们走到桥中央时，一个戴兜帽的身影挡住了他们的去路。

死神对他们说话了。死神很生气，他失去了三个新的祭品——因为旅行者通常都会淹死在这条河里。但是死神很狡猾。他假装祝贺兄弟三人的魔法，说他们凭着聪明而躲过了死神，每人可以获得一样

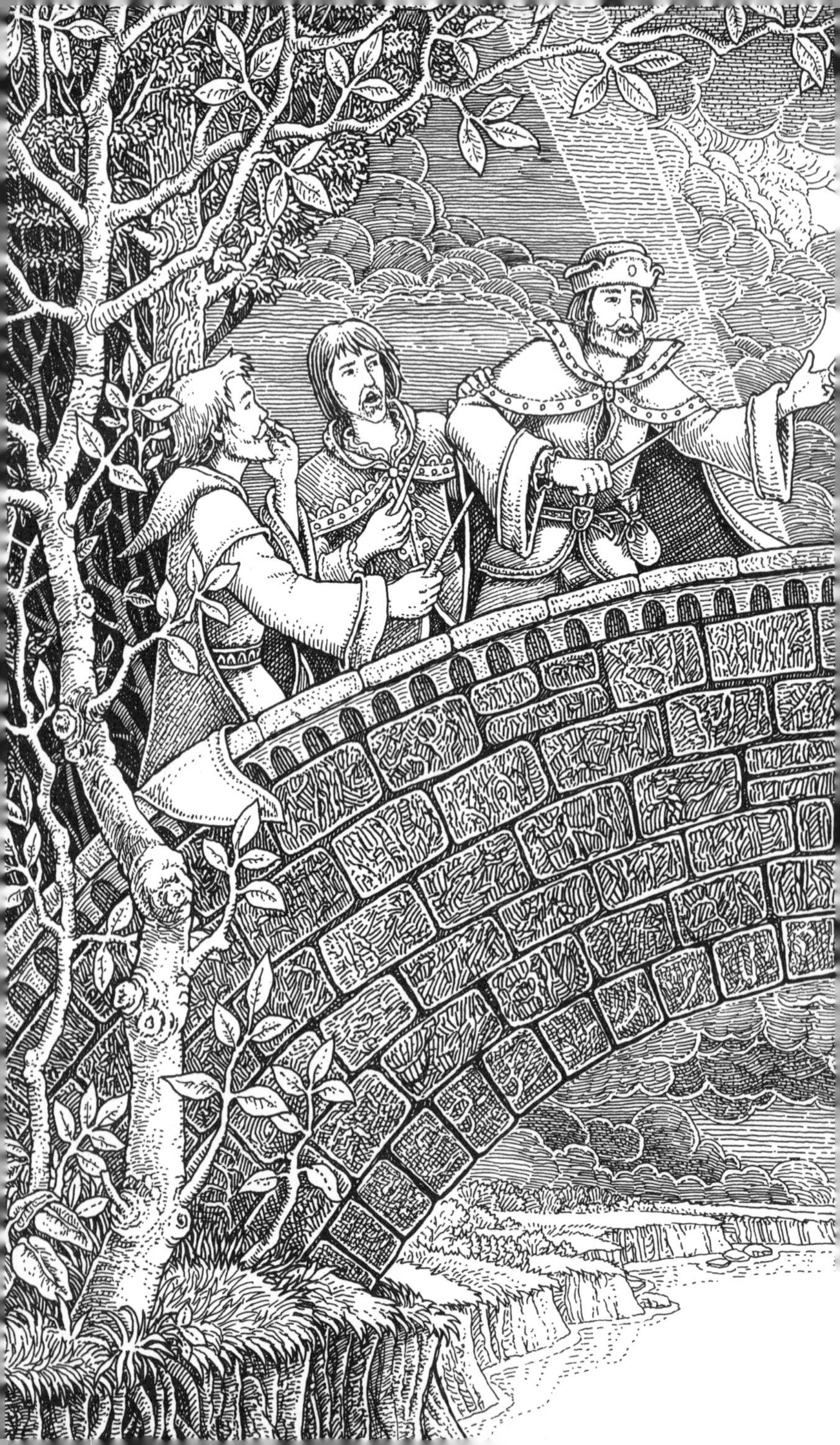

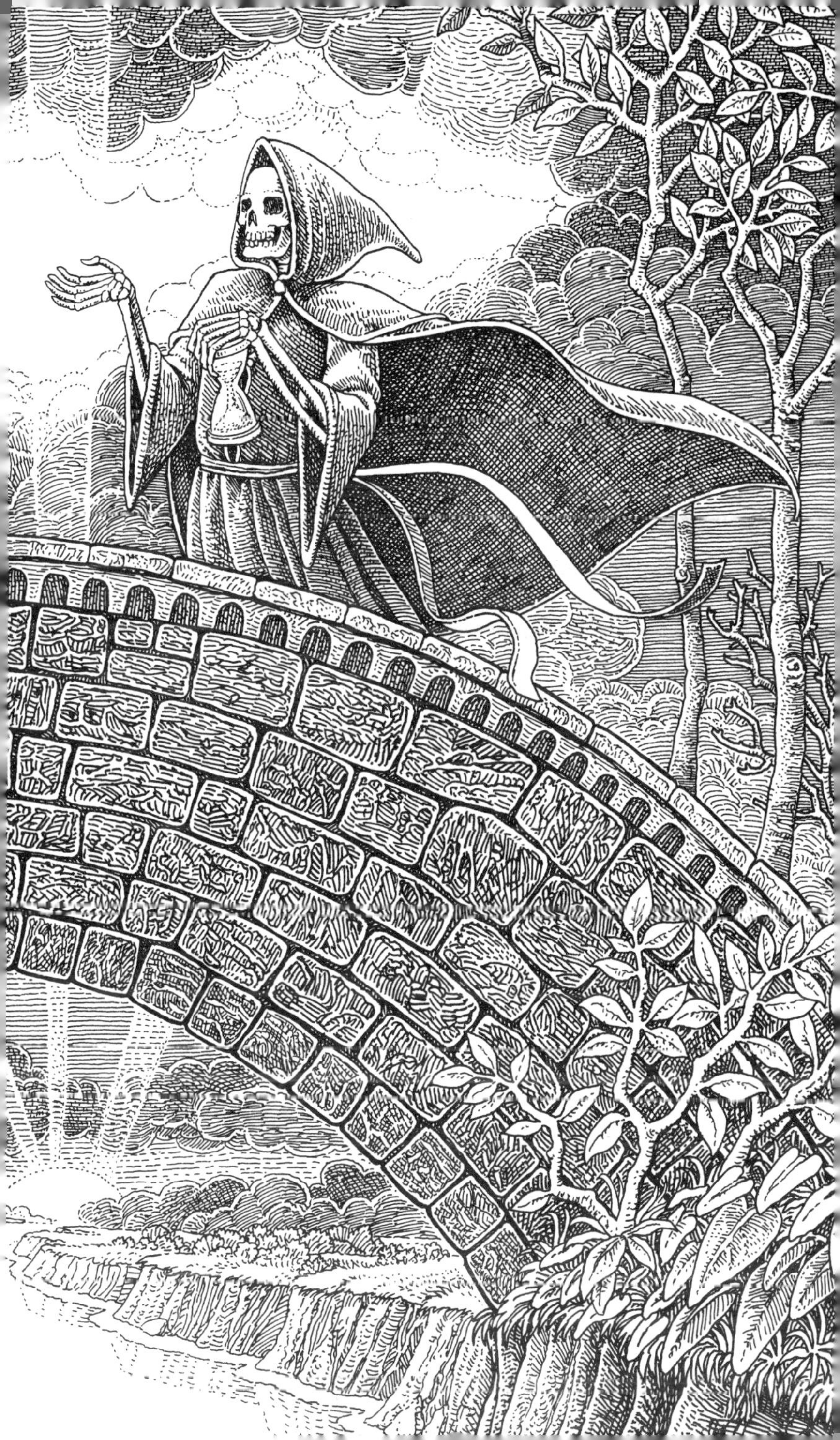

诗翁彼豆故事集

东西作为奖励。

老大是一位好战的男子汉，他要的是一根世间最强大的魔杖：一根在决斗中永远能帮主人获胜的魔杖，一根征服了死神的巫师值得拥有的魔杖！死神就走到岸边一棵接骨木树前，用悬垂的树枝做了一根魔杖，送给了老大。

老二是一位傲慢的男子汉，他决定继续羞辱死神，想要的是能够让死人复活的能力。死神就从岸上捡起一块石头给了老二，告诉他这块石头有起死回

三兄弟的传说

生的能力。

然后死神问最年轻的老三要什么。老三是最谦虚也是最聪明的一个,而且他不相信死神。因此他要一件东西,可以让他离开那里而不被死神跟随。死神极不情愿地把自己的隐形衣给了他。

然后死神站在一边让兄弟三人继续赶路,他们就谈论着刚才的奇妙经历,赞赏着死神的礼物,往前走去。

后来兄弟三人分了手,朝着各自的目的地前进。

诗翁彼豆故事集

老大走了一个多星期,来到一个遥远的小山村,跟一位巫师争吵起来。自然,他用那根接骨木做成的"老魔杖"作武器,无疑会获取决斗的胜利。对手倒地而亡后,他继续前行,走进了一个小酒馆,大声夸耀自己从死神手上得来的强大魔杖如何战无不胜。

就在那天晚上,老大喝得酩酊大醉,另一

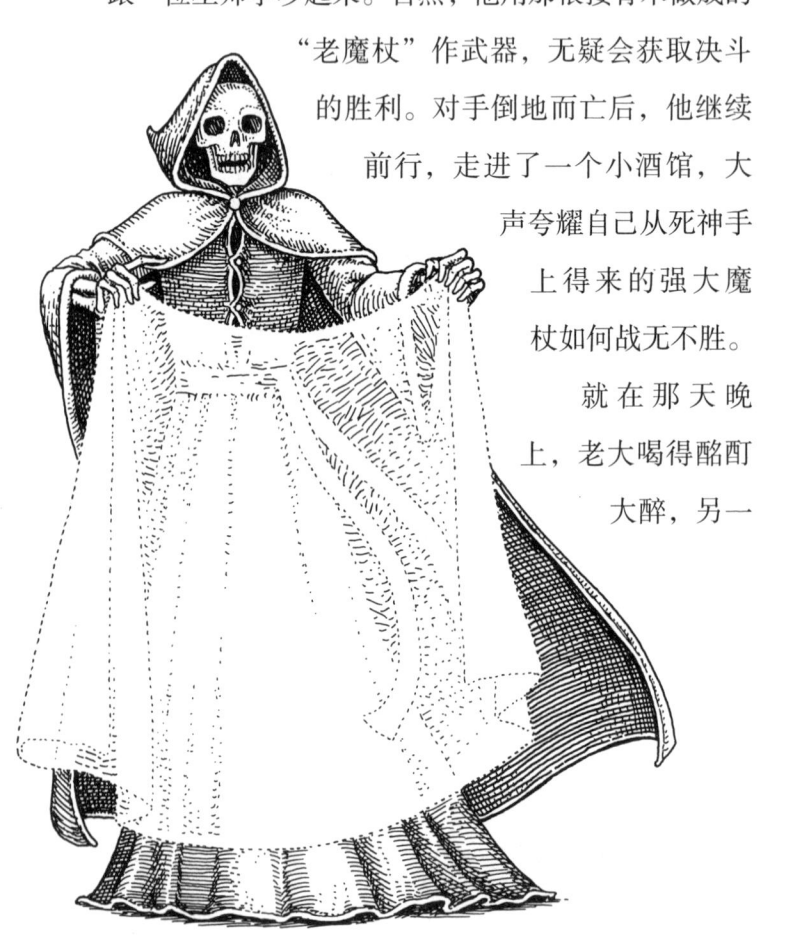

三兄弟的传说

个巫师蹑手蹑脚地来到他床边,偷走了魔杖,并且割断了他的喉咙。

就这样,死神取走了老大的性命。

与此同时,老二长途跋涉地回到了他独自居住的家,拿出可以起死回生的石头,在手里转了三次。

让他惊喜交加的是，他过去曾经想娶的那位不幸早逝的女孩立刻出现在了他的面前。

可是女孩表现得悲伤而冷漠，他们之间似乎隔着一层纱幕。女孩尽管返回了人间，却并不真正属于这里，她很痛苦。

最终，老二被没有

希望的渴望折磨得精神失常，为了真正能和心上人在一起而自杀身亡。

就这样，死神也取走了老二的性命。

但是，死神苦苦地寻找老三好多年，却始终没能找到他。老三一直活到很老很老以后，才最终脱下隐形衣，交给了

诗翁彼豆故事集

他的儿子；然后像老朋友见面一样迎接死神，并以平等的身份，高兴地同死神一道，离开了人间。

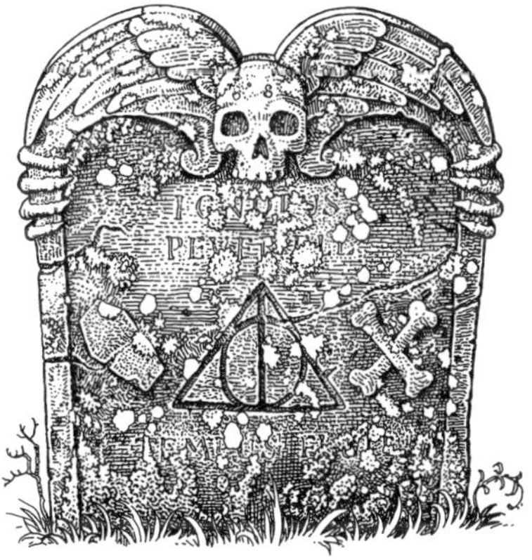

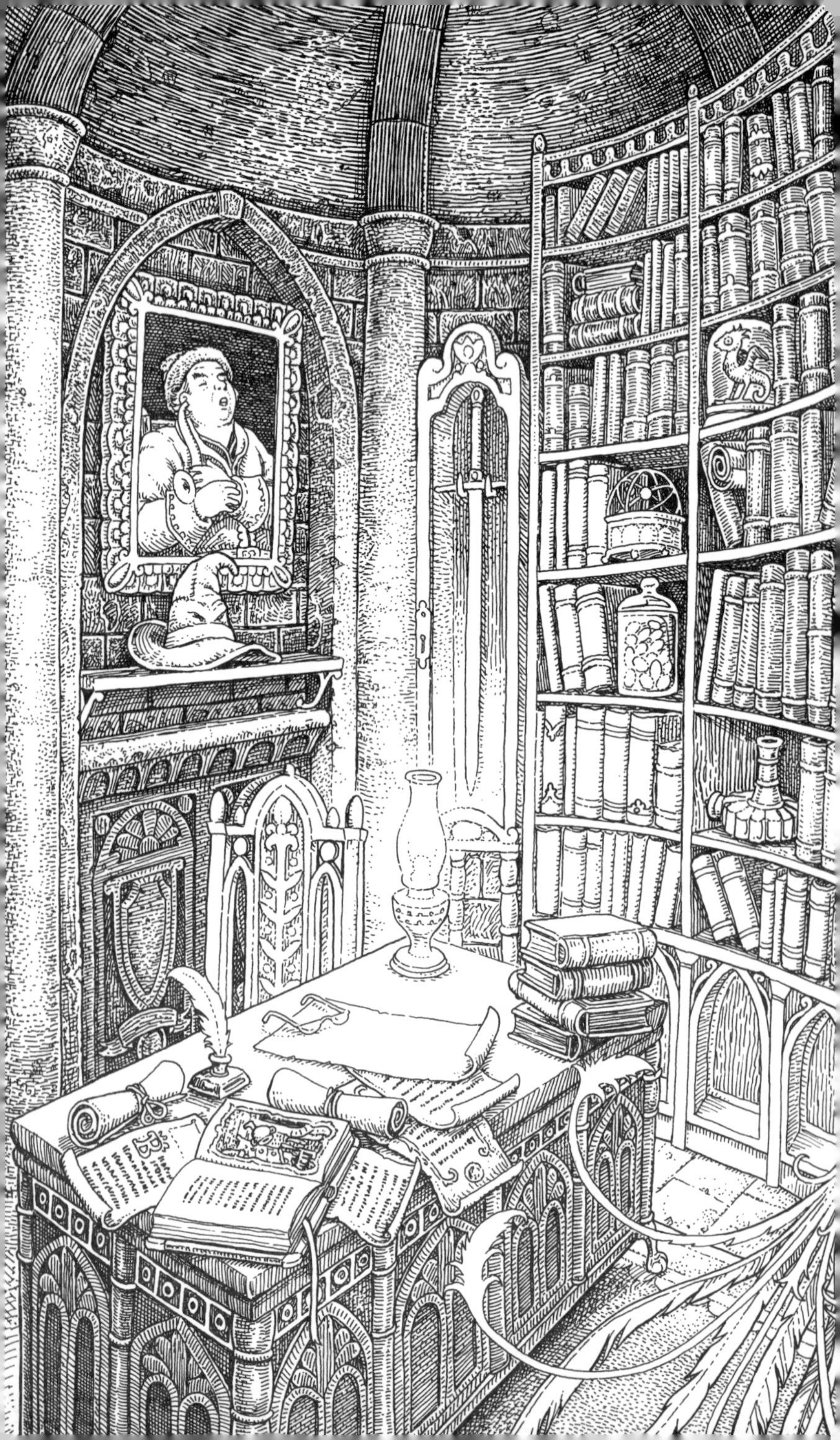

阿不思·邓布利多的点评

我小时候，这个故事给我留下了深刻的印象。第一次我是听母亲讲的，很快，它就成为我睡觉前央求她讲得最多的一个故事。弟弟阿不福思经常为此跟我发生争吵，他最喜欢的故事是《脏山羊克朗布》。

《三兄弟的传说》的寓意再明显不过：人类想要躲避或征服死神的努力注定不会成功。只有故事里的老三（"最谦虚也是最聪明的"）懂得，侥幸逃脱死神一次之后，他最多只能希望尽量延迟与死神的下一次见面。这位最小的弟弟明白，奚落死神——像老大那样动武，或像老二那样玩弄神秘莫测的招魂术①——意味着跟一位诡计多端、只赢不输的劲敌较量。

具有讽刺意味的是，围绕这个故事生出了一个奇怪的传言，跟故事原来的寓意正好相反。传言认为，死神送给三兄弟的礼物——一根不可战胜的魔杖，一块能够起死回生的石头，还有一件永不磨损的隐形衣——都是确确实实存在于世界上的东西。传言还说：如果一个人合法拥有了这三样东西，他（或她）就会成为"死神的主人"，这句话通常被认为是指他（或她）是不可战胜的，甚至是长生不老的。

---

① 招魂术是指唤醒死者的黑魔法。这门魔法根本不灵，故事里对此讲得很清楚。——J.K. 罗琳注

阿不思·邓布利多的点评

看到这则传言向我们揭示的人之本性，我们或许会露出略含忧伤的微笑。最仁慈的解释是："希望是永恒的。"[1]尽管如彼豆所说，那三件东西里有两件极端危险，而且故事的寓意很清楚：死神最终都会带走我们。但是巫师界有一小部分人仍始终坚信，彼豆向他们传递了一个隐秘的信息，这个信息与白纸黑字写的正好相反，只有他们才有足够的智慧能够参透。

他们的理论（也许用"迫切的希望"更为准确）背后并没有多少实际的证据。真正的隐形衣，尽管稀罕，确实存在于我们的世界上，但是故事里说得很清楚，死神的隐形衣具有独特的耐

---

[1] 这句引言显示阿不思·邓布利多不仅对巫师文献涉猎甚广，而且对麻瓜诗人亚历山大·蒲柏的作品也很熟悉。——J.K.罗琳注

久性①。从彼豆讲故事的年代到我们今天，多少个世纪过去了，没有一个人声称找到了死神的隐形衣。诚笃的信徒是这样辩解的：老三的后人并不知道他们的隐形衣是从哪里来的，或者，他们决定表现出先人的智慧，不事张扬。

自然，那块石头也始终没有找到。正如我在《兔子巴比蒂和她的呱呱树桩》的点评里已经说过的，我们仍然无力起死回生，而且有足够的理由断定这种事情永远不会发生。当然啦，黑巫师尝试了一些邪恶的替代品，比如制造出阴尸②，

---

① 一般来说，隐形衣并不是绝对可靠的。随着天长日久，它们会被撕裂或变得不透明，它们所承载的咒语会逐渐失效，或者被暴露咒所抵消。因此，巫师要想伪装或隐藏，一般首先考虑使用幻身咒。据知，阿不思·邓布利多的幻身咒技艺十分高超，他不需要隐形衣就能使自己隐形。——J.K.罗琳注

② 阴尸是被黑魔法唤醒的死尸。——J.K.罗琳注

阿不思·邓布利多的点评

但阴尸并不是真正被唤醒的人,而是幽灵般的僵尸。而且,彼豆的故事说得很明确,老二失去的爱人并没有真正复活。她是被死神派来,诱惑老二落入死神魔爪的,因此她冷漠、遥远,若即若离,令人着急。①

最后只剩下那根魔杖了,那些固执地相信彼豆传递了隐晦信息的人们,至少有了一些历史证据来支持他们疯狂的信念。因为古往今来,许多巫师或是为了吹嘘炫耀,或是为了吓唬敌人,或是真的相信自己的说法,都声称拥有一根威力无比的魔杖,甚至是"不可战胜的"魔杖。有些巫师还宣称他们的魔杖像故事里死神的那根魔杖一样,也是接骨木做的。这样的魔杖有许多名字,如"命运杖""死亡

---

① 许多批评家认为,彼豆是受魔法石的启发,才创造了这块能够起死回生的石头。魔法石能制造出使人永恒的长生不老药。——邓布利多注

棒"等。

围绕我们的魔杖会出现一些古老的迷信,这并不奇怪,因为魔杖毕竟是我们最重要的魔法工具和武器。某些魔杖(以及他们的主人)据说是彼此不相容的:

> 他的魔杖是橡木,她的是冬青,
> 两相结合必定不幸。

或标志着主人的性格缺陷:

> 山梨啰嗦,栗木懒,
> 白蜡固执,榛木娇。

果然,在这些未经证实的说法中,我们看到了:

> 接骨木的魔杖,永不兴旺。

阿不思·邓布利多的点评

不知是因为彼豆故事里死神的那根虚构的魔杖是用接骨木做的,还是因为争权夺力、性情残暴的巫师坚称他们的魔杖是接骨木做的,魔杖制作人都不喜欢这种木料。

第一根有文字记载的、具有特别厉害和危险魔力的接骨木魔杖,其主人叫默瑞克,人称"恶棍"。他是一个短命的但攻击力极强的巫师,于中世纪早期在英格兰南部实行恐怖统治。他在跟一位名叫埃格伯特的巫师的凶残决斗中丧生。埃格伯特后来命运如何不得而知,不过中世纪决斗士们的寿命一般都很短。在魔法部开始对黑魔法的使用进行管理之前,决斗通常都是致命的。

整整一个世纪之后,另一个令人讨厌的人物——他的名字叫戈德洛特——在一根魔杖的帮助下写出一批危险的咒语,推进了黑魔法的研究。他在笔记

诗翁彼豆故事集

本上形容他的魔杖是"我最邪恶、最玄妙莫测的朋友,杖身是用艾尔角①做的,熟悉各种最邪恶的魔法"。("最邪恶的魔法"成了戈德洛特那部杰作的题目。)

显然,戈德洛特把他的魔杖看作一位合作伙伴,甚至一位导师。熟悉魔杖学的人②认为魔杖确实能吸收使用者的技术。不过这种事情是不可预测的,也是不全面的,必须考虑到所有的附加因素,如魔杖和使用者之间的关系,才能了解它在某人手上会有怎样的表现。尽管如此,一根经过许多黑巫师之手的魔杖,理论上起码会对最危险的魔法表现出显著的偏爱。

大多数巫师喜欢使用一根"选择"他们的魔杖,而不是任何二手魔杖,因为二手魔杖很可能已经从前主人那里学到一些习惯,跟新主人的魔法风格不

---

① 接骨木的古名。——邓布利多注
② 比如本人。——邓布利多注

阿不思·邓布利多的点评

协调。主人死后,魔杖一般伴随主人安葬(或焚烧),这种做法也能阻止一根魔杖从太多主人那里学到东西。可是,相信"老魔杖"说法的人认为,由于"老魔杖"依次向不同的主人效忠——后一位主人战胜前一位主人,一般通过结果其性命的方式——所以一直没有被摧毁或焚烧。它积聚了许多智慧、力量和魔力,远远胜过普通的魔杖。

据说戈德洛特死在了自己的牢房里,他是被他的疯儿子赫瑞沃德关在那里的。我们可以断言赫瑞沃德拿走了父亲的魔杖,不然戈德洛特肯定能够逃脱,但赫瑞沃德把那根魔杖怎么样了,我们不得而知。只有一点可以确定,在十八世纪早期出现了一根魔杖,它的主人巴拿巴·德夫里尔称它为"老郎头[①]魔杖",并用它为自己赢得了"可怖男巫"的名声。后来,同样臭名昭著的洛希亚斯夺走了魔杖,结束了

---

① 接骨木的另一个古名。——邓布利多注

巴拿巴的恐怖统治,并给魔杖重新取名为"死亡棒",用它干掉了所有惹他生气的人。洛希亚斯的魔杖后来的历史很难查考,因为许多人都声称结果了他的性命,包括他的亲生母亲。

任何一位研究所谓"老魔杖"历史的、有智慧的巫师都会注意到,每一个声称拥有它的人[①]都一口咬定它是"不可战胜的",然而,它历经多个主人之手的事实,却说明它不仅被打败过成百上千次,而且还像脏山羊克朗布招惹苍蝇一样招惹麻烦。最后还有一点,这种对老魔杖的追求,恰好支持了我在漫长的一生中许多次发表的一个观点:人类专爱挑选对他们最为不利的东西。

但是,如果让我们挑选死神的礼物,谁又能表现出老三的智慧呢?不管是巫师还是麻瓜,内心都

---

① 还没有一位女巫声称拥有过这根魔杖。这说明什么,请自己推断吧。——邓布利多注

阿不思·邓布利多的点评

充满对权力的渴望。有多少人能够拒绝"命运杖"呢？又有哪一个痛失所爱的人能抵抗复活石的诱惑呢？就连我，阿不思·邓布利多，也会发现隐形衣是最容易拒绝的。这只能表明，我这样聪明的人，其实也像别人一样，是一个大傻瓜。

"荧光闪烁"慈善组织
保护儿童，提供解决方案

"荧光闪烁"执行总裁乔吉特·穆勒的话

荧光闪烁（名词；lu-mos）

1. 制造光的咒语，亦称照明咒。（出处："哈利·波特"系列图书）

2. 一项非营利的工作，旨在结束对儿童的孤儿院收养。

这一切的缘起是一张照片。

当J.K.罗琳看见那张黑白照片上的小男孩——被孤独地安置在一个寄宿机构里，与世界隔绝，远离亲人——她怎么也无法挪开自己的目光。

请把这男孩的数量增加八百万倍。

全世界有这么多的孩子,在这些寄宿机构——实质上就是孤儿院——度过自己的童年。然而这些孩子并非孤儿,他们被自己的亲人所爱、所需要;但是他们出身贫困,或有先天残疾,或是少数族裔,处境困难,得不到任何资助。

我们"荧光闪烁"发现的事实并付诸实践的项目是革命性的:关闭孤儿院,把资金引向以社区为基础的解决方案,资助孩子们在自己的家中生活,这样花费更少,效果更好。

我们如何走到这一步?

在过去的几十年里,孤儿院成为许多弱势儿童和家庭的默认选项。这经常是提供给绝望中的父母的唯一选择。其后果是灾难性的,深深影响到孩子的人生命运。

研究显示,这些孩子被贩卖、遭受各种形式的虐待与忽视的风险更大。而且,成年之后他们难以应对外面的世界。

照亮一条真正转机的道路

为了世界的繁荣昌盛，我们需要确保所有的孩子不仅仅是勉强生存，而是要茁壮成长。"荧光闪烁"聚焦于那些能给予孩子所需的情感寄托的关键要素：父母提供的个体的爱与呵护。

对婴儿早期大脑发育的研究显示，父母始终如一提供的个体关注、回应和刺激——以及由此形成的孩子和父母之间的依恋——促使了大脑的成长发育。从本质上说，父母和孩子之间的纽带，是所有成功和幸福得以生长的根。

虽然建造孤儿院的初衷是美好的，但不管保育员付出多少努力，他们也无法复制出一个家庭。保育员太少，孩子太多，致使孩子们会独处几小时得不到任何刺激——哪怕人与人之间的简单接触。

幸好，这是一个完全可以解决的问题。世界上的许多国家已经不再依靠孤儿院照顾儿童，而是提供一系列资助，让孩子能够在社区框架内的家庭里生活。

一个全球组织

我们的工作已经帮助欧洲地区达到一个转折点：欧盟和其他重要捐助者认识到了孤儿院并非最佳答案，已经把他们的资金投向了以社区为基础的服务。

让孩子在他们自己的家里生活，这已不再是肯定或否定的问题，而是时间和方法的问题。

然而在世界各地，许多国家仍然用孤儿院来只在表面满足弱势儿童的需求。"荧光闪烁"正致力于领导全球努力扭转这股潮流。实施一些计划，通过展示"荧光闪烁"模式卓有成效，通过影响全球决策者，让他们支持孩子在家中而不是孤儿院生活，我们将看到，我们在欧洲取得的变革会逐渐渗透到世界其他地方。

一项全球运动

改变现状需要时间，需要政府和民众的意愿，需要大家共同努力，揭示孤儿院的理念和孤儿院的现实之间的脱节。

・孤儿院里并不都是孤儿——其中许多孩子有家人爱他们，只是需要资助。

・许多孤儿院不是逆境中的孩子有益或必须的去处。

・它们没有为孩子提供最好的出路。

・它们不是经济效益最佳的解决方案。

只要购买这本独一无二的书，你就是在帮助"荧光闪烁"，确保到2050年，全世界不再有孩子生活在机构里。我们可以齐心协力，把孤儿院送进历史书，那里才是它们的归宿。

我们共同努力，可以让全球的努力重新聚焦，在孩子及其家人生活的地方，即在他们自己的家庭和社区里，向他们提供资助。

我们共同努力，可以发出一点亮光，穿透黑暗。

共同努力吧，我们是"荧光闪烁"。

我们邀请你加入神奇的

哈利·波特读书之夜

了解如何加入本活动，请登录
harrypotterbooknight.com

更多游戏、比赛和趣味内容下载请登录

harrypotter.bloomsbury.com